LE CRI DU GOÉLAND

DU MÊME AUTEUR

La Maison des Houches, Belfond, 2010
Les Secrets de la forêt, Robert Laffont, 2010
Les Enfants de l'hiver, XO, 2009
La Malédiction des louves, Robert Laffont, 2008
Et l'été reviendra, Robert Laffont, 2008
Le Chat derrière la vitre, L'Archipel, 2008 ; De Borée, 2010
Nous irons cueillir les étoiles, Robert Laffont, 2007 ; Pocket, 2009
La Peste noire, XO Éditions, 2007 ; Pocket, 2010
Le Roi chiffonnier, XO Éditions, 2007 ; Pocket, 2010
La Conjuration des lys, XO Éditions, 2007 ; Pocket, 2010
Juste un coin de ciel bleu, Robert Laffont, 2006
Les Âmes volées, Fayard, 2006
Le Porteur de destins, Seghers, 2005 ; Pocket, 1994 (prix
    des Maisons de la presse ; prix du Printemps du livre de Montaigu ;
    Grand Prix littéraire de la Corne d'or limousine)
Les Colères du ciel et de la terre, Robert Laffont, 2005
Le Dernier Orage, Pocket, 2008
La Montagne brisée, Pocket, 2007
La Couleur du bon pain, Robert Laffont, 2004
Des enfants tombés du ciel, Robert Laffont, 2003 ; Pocket, 2009
Une vie d'eau et de vent, Anne Carrière, 2003
Lumière à Cornemule, Robert Laffont, 2002 ; Pocket, 2005
Le Voleur de bonbons, Robert Laffont, 2002 ; Pocket, 2004
Dernières nouvelles de la terre, Anne Carrière, 2001
Maisons au cœur, Robert Laffont, 2001
Le Silence de la Mule, Robert Laffont, 2001 ; Pocket, 2004
Un jour de bonheur, Pocket, 2001
Lydia de Malemort, Robert Laffont, 2000
L'Heure du braconnier, Pocket, 2000
La Nuit des hulottes, Robert Laffont, 1999 ; Pocket, 2006
    (prix RTL Grand Public)
Les Frères du diable, Robert Laffont, 1999
L'Or du temps, Robert Laffont, 1998
La neige fond toujours au printemps, Robert Laffont, 1998 ; Pocket, 2003
L'Année des coquelicots, Robert Laffont, 1996
Ce soir, il fera jour, Robert Laffont, 1995
Un cheval sous la lune, Robert Laffont, 1994
Les Chasseurs de papillons, Robert Laffont, 1993 ; Pocket, 1994
    (prix Charles-Exbrayat)
Le Roi en son moulin, Robert Laffont, 1990
L'Angélus de minuit, Robert Laffont, 1990
Beauchabrol ou le Temps des loups, Souny, 1994

GILBERT BORDES

LE CRI DU GOÉLAND

belfond
12, avenue d'Italie
75013 Paris

Si vous souhaitez recevoir notre catalogue
et être tenu au courant de nos publications,
vous pouvez consulter notre site Internet :
www.belfond.fr
ou envoyer vos nom et adresse,
en citant ce livre,
aux Éditions Belfond,
12, avenue d'Italie, 75013 Paris.
Et, pour le Canada Inc.,
1055, bd René-Lévesque-Est,
Bureau 1100,
Montréal, Québec, H2L 4S5.

ISBN : 978-2-7144-4833-0

© Belfond, un département de place des éditeurs, 2011.

En hommage à Karsten Diettrich qui a toujours su me conseiller et me guider dans ma carrière de romancier.

PREMIÈRE PARTIE

LE SECRET

Ch 2

Paul Benalec traversa Audierne et prit la direction de la pointe du Raz. La peur lui rongeait l'estomac, il se mit à trembler. Il parcourut quelques kilomètres à bord de sa petite Peugeot puis, le souffle court, gara son véhicule sur le bas-côté. Autour de lui, une campagne sauvage où alternaient rochers et arbustes, un ciel épais et lourd qui écrasait l'horizon. Les gémissements de la terre le tenaillaient, torturaient sa chair au point qu'il posa sa tête sur le volant. Le vent s'était renforcé. L'air avait un goût d'iode, de sel et d'algues mortes, un goût d'océan qui lui rappelait sa faute, sa lâcheté, son crime. Plus jamais il ne marcherait la tête haute...

— Je ne pourrai pas, gémit-il.

Il leva les yeux vers les nuages pressés. Ce voyage vers sa première paroisse devait être celui de sa renaissance, une nouvelle vie destinée à racheter la précédente. Il avait voulu croire au miracle après sa tentative de suicide ratée, mais Dieu s'était aussitôt détourné de son serviteur. D'ailleurs, l'avait-Il regardé une seule fois depuis qu'Il lui avait fait signe ?

Après le naufrage du *Fringant* et la mort de ses trois compagnons, dont son jeune frère, le marin pêcheur Paul Benalec n'était plus digne de vivre, plus digne de Marie et de ceux qui lui avaient fait confiance. De retour à Concarneau, il avait profité de l'absence de sa compagne pour se saisir d'une arme et se tirer une balle dans la tête. La mort n'avait pas voulu de lui. Il s'était réveillé à l'hôpital en se maudissant. Une magnifique lumière l'avait alors illuminé. Marie lui tenait la main, mais il ne la voyait pas. Une immense joie le submergeait tandis qu'une voix intérieure lui répétait : « J'ai voulu que tu vives pour que tu te consacres aux autres ! »

Quelques jours plus tard, à sa sortie de l'hôpital, il avait annoncé à Marie :

—J'ai décidé de faire une retraite dans un monastère pour tenter de voir clair en moi.

Marie avait pensé que c'était la meilleure manière de tourner la page et l'avait encouragé dans cette voie. Elle n'imaginait pas alors qu'il y resterait six longues années…

La route formait une vaste courbe entre les rochers et les herbes sèches, le long d'une colline, puis débouchait sur une sorte de large plateau se terminant par une falaise rocheuse que les vagues érodaient patiemment. C'était le premier retour de Paul vers l'océan après le naufrage. Il redoutait le monstre dont le gris, près de la falaise, virait au violet sous l'horizon. Une peur incontrôlable l'étreignait. Il sortit de sa voiture, incapable de détourner le regard de l'immensité. La tête lui tournait. Il s'assit sur les herbes mouillées par les embruns, porta la main à la cicatrice qui faisait une traînée rouge sur sa joue gauche, en dessous de l'oreille, et se perdait dans ses cheveux noirs. Il avait envie de vomir, de s'allonger face contre terre et de ne plus bouger. La tempête qui s'annonçait grondait déjà dans sa tête. Il entendait encore les cris de ses compagnons qu'une lame avait emportés en renversant son bateau. Par sa faute, Antoine Bernard, un garçon loyal et courageux, Médéric Lebleu, le plus âgé qui parlait de prendre sa retraite, et son jeune frère

Alexandre, un gamin de vingt-six ans, avaient disparu dans les flots noirs. Il n'avait pas voulu relever le chalut qui, en s'accrochant sur le fond, avait ligoté le *Fringant* face à la vague scélérate. Lui, à l'arrière, avait pu saisir une bouée…

Sur la droite, les toitures du village apparaissaient derrière les rochers figés telles des statues aux gesticulations mystiques, face au large, comme pour le défier. Légèrement abritées par une sorte de crique, les maisons se regroupaient autour d'un clocher de pierre. Paul se dit que c'était là qu'il allait vivre désormais, sur les lieux de son crime, face à sa faute. Il n'arrivait pas à calmer les tremblements de sa poitrine comprimée. Une multitude d'insectes rongeaient ses chairs, des brûlures irradiaient son corps, bloquaient son esprit sur une seule pensée : échapper à cette peur panique et irraisonnée qui lui faisait claquer des dents et le poussait à fuir, à commettre l'ultime lâcheté. Il serra les dents. La volonté d'absolu qui l'avait poussé au sein de l'Église lui imposait un combat dont il ne sortirait pas vainqueur. Après six années de retraite au monastère de Sept-Fons, six années passées en dehors de la vie et au terme desquelles il avait décidé de devenir prêtre, il doutait. Un doute monstrueux qui lui ouvrait les portes de l'enfer.

Paul Benalec passa la main dans son dos pour chasser les herbes accrochées à sa veste. Il avait supplié l'évêque de ne pas le nommer à Sabrenat, si près de l'océan. Il avait souhaité une paroisse très loin de la Bretagne, fuir son ancienne vie, l'effacer, faire table rase du passé pour se reconstruire dans le dévouement, l'abnégation, le sacrifice. Il avait demandé à partir pour l'Afrique, dans un pays sans eau, à l'intérieur des terres sèches et chaudes. À l'évêché, on ne l'avait pas écouté : Sabrenat et les paroisses environnantes n'avaient pas de curé depuis près d'un an, Benalec n'avait pas le choix. Ne s'était-il pas mis au service de Dieu qui l'appelait là où on avait besoin de lui ? Il s'était plié à la volonté de ses supérieurs, comprenant qu'ils avaient voulu mettre à l'épreuve sa conscience, l'obliger à combattre ses fantômes, car la voie choisie ne pouvait être que celle de la vérité. En aurait-il la force ?

Il arriva sur la place de Sabrenat, arrêta sa voiture devant le presbytère, une antique bâtisse en pierre de taille. Un vieil homme, assis devant sa porte malgré le temps frais et le vent, le salua.

— Vous êtes le nouveau curé ? demanda-t-il d'une voix tremblante, remarquant la croix qu'il portait épinglée au revers de sa veste.

En même temps, son regard fixait la cicatrice en travers de la joue gauche et qui donnait au visage carré de Paul une dissymétrie particulière.

— Oui, je m'appelle Paul Benalec, et malgré les apparences Sabrenat est ma première paroisse.

— Alors, soyez le bienvenu ! dit l'homme en se levant de son banc, ne quittant pas des yeux la tête du nouveau venu. Vous nous apportez la fraîcheur, on n'est pourtant que le 21 septembre ! ajouta-t-il.

Benalec regarda autour de lui. La rue principale qui longeait la falaise était bordée de maisons basses et grises, aux petites fenêtres. Au centre de la place pavée, un énorme tilleul perdait ses feuilles brassées par le vent. Dans un léger renfoncement, l'église en granit, massive, avec sa petite porte en ogive et son clocher, se dressait, modeste, mais dominait quand même les maisons voisines. Les deux cloches s'encastraient dans deux niches sous une sorte d'auvent en pierres plates couvertes de mousse. Les siècles se brisaient sur le granit, comme la mer sur la falaise toujours debout. Paul hésitait. Le mystère du village le confrontait à ses incertitudes. On ne trichait pas avec le granit, on ne reculait pas devant le

14

jugement des âmes simples constamment malmenées par les forces aveugles de l'océan, souveraines, sans concession.

Personne n'était au courant de son arrivée. Il passa à côté d'un groupe d'enfants qui jouaient autour d'une flaque d'eau. Un chien sorti d'une maison se rua sur lui en aboyant. L'animal s'arrêta à quelques pas, puis, sifflé par son maître, fit demi-tour. Sur la droite, à côté de l'église, Paul Benalec remarqua le bistrot et son enseigne en lettres noires, au-dessus de la porte : *Hôtel de la Place*. Ici, en face de l'océan qui virait au gris, cette banalité prenait une importance singulière. C'était ce genre de choses auxquelles les marins s'accrochaient dans les coups durs.

Un petit grelot égraina ses notes aiguës au moment où Paul poussa la porte. L'intérieur était sombre, le plafond bas. Une lumière diffuse éclairait des tables en sapin, des chaises et le comptoir en bois. Une odeur de friture et de sauce aigre flottait dans l'air. Des photos en noir et blanc, des pêcheurs tenant fièrement de gros poissons, étaient accrochées derrière le comptoir, entre les bouteilles. Un petit homme chauve et rond arriva d'un pas pressé de l'arrière-cuisine. Son visage rouge et gras était marqué par de légers tics qui animaient ses paupières. Chacun de ses gestes était vif et décidé.

— Ah, c'est vous le nouveau curé ? s'exclama l'homme sans le saluer, dissimulant à peine sa surprise. Vous êtes natif de Concarneau, c'est bien ça ? On a beaucoup parlé de vous, ces derniers temps !

Derrière cette affirmation, Paul pressentait son passé, son suicide raté, sa vocation tardive, bref, tout ce qui ne convenait pas à un curé ordinaire.

— Eh bien oui, je suis de la région, un homme de la mer.

— Hervé Jugon. Je suis l'adjoint au maire, Maurice Legoff, mais c'est moi qui fais le boulot, vu que Maurice est toujours en déplacement. Je dois vous dire que depuis un an on n'a pas de curé. Moi, je m'en passais bien, mais pas tout le monde,

15

ajouta-t-il en esquissant un sourire qui lui donnait un aspect de bouledogue montrant les dents. Les gens seront contents. Ici, on est attaché à la religion. On vit avec nos morts, l'océan restera toujours le plus fort. Mais enfin, ces choses-là…

— Vous savez, répondit Benalec, j'ai longtemps pensé comme vous. J'ai longtemps laissé ces questions de côté, et puis un jour…

— Ouais, admit le bistrotier en posant deux verres sur le comptoir. On en a parlé. Il paraît que vous étiez marin pêcheur.

— Je préfère ne pas évoquer le sujet. Sauf que j'ai rencontré Dieu et que ma vie a changé. Voilà, tout est possible.

Jugon souleva son verre pour trinquer et, prenant un ton de confidence, approcha sa grosse tête de celle du curé.

— On a même dit que vous étiez marié. Alors du côté des bigotes, ça fait jaser !

— Non, je ne me suis jamais marié, répondit sèchement Benalec en vidant son verre.

Il détourna son regard, signifiant qu'il n'avait pas envie de parler de ça.

— Je vais vous donner la clef du presbytère. C'est la petite maison à côté de l'église. On voulait la louer, mais on n'a trouvé personne. Les gens d'ici sont superstitieux. Ils pensent qu'habiter à la place des curés dans un lieu pareil peut déranger les saints. Le pays se meurt. Les jeunes s'en vont, il ne reste que ceux qui ne peuvent pas aller ailleurs.

— Et la pêche ? Le petit port de Sabrenat était réputé autrefois…

— Pour le bar aux lignes, en effet. Le port a été agrandi, mais les beaux poissons sont de plus en plus rares et il faut prendre toujours plus de risques pour gagner sa vie. Tenez, même l'océan n'est plus pareil. C'est sûrement à cause du changement climatique. Les tempêtes sont plus violentes et souvent si soudaines qu'on peut difficilement les prévoir.

— J'en sais quelque chose ! répliqua Paul en prenant la clef sur le comptoir.

Puis, il se dirigea vers la porte.

Jugon avait envie de parler, d'en savoir un peu plus sur ce curé pas comme les autres. Alors, se tournant vers les photos accrochées au mur entre les bouteilles, il poursuivit :

— Avant, ça valait la peine. Regardez ces bars. Ils font au moins six ou sept kilos ! Maintenant, on ne trouve pas de poissons qui dépassent les trois livres. Heureusement qu'il y a les touristes du camping et du village de vacances. Ce sont les bateaux industriels qui nous font du mal...

— Tant que le profit immédiat sera le seul motif, rien ne changera. Les chaluts industriels ne sont pas les seuls fautifs, il y a aussi la pollution qui gêne la reproduction des poissons. Merci, pour la clef du presbytère.

— Tout est en état. L'électricité et l'eau sont branchées. Comme on savait que vous alliez arriver, on a demandé à Marthe Pollet de faire le ménage, précisa l'adjoint au maire. Vous pouvez rentrer votre voiture dans le garage. Il n'y a pas de porte, mais elle sera à l'abri de la pluie.

Une légère bruine fouettait le visage de Paul qui gagna le presbytère la tête rentrée dans les épaules. Un escalier d'une dizaine de marches donnait sur un palier où régnait une forte odeur de renfermé. Le mobilier était ancien, les images aux murs jaunies, rien n'avait bougé depuis le départ du curé Pons qui approchait les quatre-vingt-dix ans. Un couloir partageait l'habitation en deux parties : à droite, un bureau dont les fenêtres donnaient sur la place ; à gauche, une grande cuisine, puis deux chambres au-dessus d'un potager à l'abandon. Paul pénétra dans le bureau, s'assit dans le fauteuil au cuir usé et laissa aller ses pensées. Il était las, conscient de ne pas être à sa place. Pourrait-il se fondre un jour dans le moule d'un curé qui dit sa messe tous les matins, lit son bréviaire pendant sa promenade ? Il avait espéré retrouver la paix, il se perdait dans d'inextricables contradictions.

Durant sa retraite, Paul s'était détaché de la vie ordinaire pour se plonger dans une vie spirituelle intense qui l'avait presque rendu heureux. Il avait repris l'étude du violoncelle qui lui avait procuré de grandes joies. Et voilà qu'à peine avait-il franchi les hauts murs de l'austère presbytère, dès son arrivée dans ce village semblable à tous les villages bretons, il redevenait lui-même. Aux remords de sa grande faute s'ajoutait celui de l'abandon d'une innocente, Marie, qui avait partagé sa vie pendant dix ans.

À Sabrenat, l'arrivée du nouveau curé avait vite fait le tour du village. Juliette Usellat, jeune retraitée de la Sécurité sociale, sortit sur la place et s'approcha du presbytère. D'autres personnes se tenaient en retrait : Pierre Maison, un retraité de la SNCF qui travaillait dans l'atelier de son frère Marcelin, réparateur de moteurs de bateaux, ainsi que Marlène Macchat et son mari Alfred qui tenaient la coopérative maritime. Il y avait aussi Marguerite Neyrec, l'épouse de Jérôme, propriétaire de deux bateaux de pêche aux lignes, Alphonsine Leroy, dont le mari avait monté une petite entreprise de transformation d'algues en engrais, la veuve Jeannette Grange, et d'autres encore, surtout des vieux, puisque la majorité des jeunes avait quitté le village. En dehors de la saison touristique, qui voyait la rue principale envahie par les vacanciers, les commerces étaient trop grands et vides. Le village de vacances avait fermé ses volets. Dans l'hôtel-restaurant d'Hervé Jugon, les tables aux nappes fleuries n'accueillaient plus que de rares clients et la terrasse était déserte. À la supérette, seule une caisse restait ouverte pour les vieux qui ne faisaient plus la queue.

— Donc, le nouveau curé est arrivé, constata la grosse Juliette Usellat. Avec ce qu'on a raconté sur lui…

— Oui, je l'ai aperçu, dit le vieux Bigeat. Il sortait de sa voiture. Un sacré gaillard, costaud, avec des épaules de forgeron, une tête carrée de coureur des mers. Et cette balafre en travers de la tempe qui lui donne une tête bien curieuse.

— On sait tout ça ! dit Juliette Usellat.

— Moi, je dis ce que j'ai vu !

— Bah, fit Pierre Maison, celui-là ou un autre, ça ne change pas grand-chose !

— Avec ce qu'on raconte...

— Quoi ? Cet homme était pêcheur comme tout le monde ici, Dieu lui a fait signe... Je ne vois rien à redire là-dessus et un type comme lui est certainement mieux qu'un gamin tout juste sorti des bancs du séminaire qui ne sait rien de la vie.

— Figurez-vous que le monde est bien petit, poursuivit Juliette Usellat. Ma sœur, qui habite Concarneau, connaît bien son ancienne compagne, la Marie Marchand. Une sacrée bonne femme ! Elle est chef du personnel dans une boîte de je sais plus quoi.

— Et nous, on connaît les deux veuves, car n'oubliez pas, quand son bateau a chaviré, il y a eu trois morts...

— Il paraît que c'est pour ça qu'il est devenu curé. Il y avait son propre frère parmi les victimes, et sa mère ne le lui a jamais pardonné ! Mais pourquoi qu'ils nous l'ont donné à nous ? C'est pas sain, je vous le dis. Ils auraient dû l'envoyer à l'autre bout du monde, pas ici, si près de chez lui !

— C'est vrai que cette affaire n'a pas été bien nette, insinua Pierre Maison. Lui s'en tire en faisant le curé, mais la pauvre Pétronille Bernard doit se débrouiller toute seule pour élever ses trois filles ! Elle n'a même pas eu la consolation de récupérer le corps de son mari.

— L'océan ne rend pas ceux qu'il prend ! ajouta Bigeat. On a tous perdu quelqu'un en mer, les tombes vides sont nombreuses dans les cimetières de la côte.

— Certes, reprit Juliette Usellat, et c'est une raison de plus pour respecter ceux qui ont échappé à l'ogre des mers...

Maison, la moustache finement taillée, toujours vêtu avec une certaine élégance, dédaignait la casquette de marin que portaient les autres hommes du village. Il allait cheveux au vent, comme les gens de la ville, et cela lui conférait une allure de monsieur. Il se débrouillait toujours pour émailler ses propos d'images ou de réflexions auxquelles les autres n'auraient pas pensé. Il s'apprêtait à faire une autre remarque quand les oiseaux de mer, principalement des goélands, se mirent à crier tous ensemble. Les gens sortirent des maisons, même le gros Hervé Jugon qui s'essuya les mains sur son tablier. Les enfants qui rentraient de l'école, située un peu en retrait du village, avaient arrêté de se courir après. Les badauds levèrent la tête en direction des nuages et d'une nuée de grands oiseaux qui planaient au-dessus des maisons. Les goélands continuaient de crier, comme s'ils avaient perçu un danger.

— Ça va faire du vilain ! dit Jugon.

Les oiseaux partis, le silence revint. Pas le silence ordinaire que le vent et l'océan agacent constamment, mais le silence total entre deux bourrasques, celui des pierres immobiles et de l'absence du temps. Les femmes osèrent les premières lever la tête face à la grosse Juliette Usellat qui prononça les mots auxquels tout le monde pensait :

— Va falloir accrocher les volets et les portes. Ça va souffler, cette nuit.

La tempête se préparait. Tous auraient pu rester là des heures, immobiles, à écouter le grondement de l'océan, évoquer des tempêtes anciennes aux vagues si hautes qu'elles passaient par-dessus la falaise pour s'écraser sur la place même du village. Ils auraient pu aussi se remémorer les souvenirs de leurs pères dont il ne restait que le mauvais, le sordide, l'irrationnel, parce que ici, entre terre et ciel, sur ce bout du monde, rien ne se passait comme ailleurs. Les forces de la nature y étaient chez elles et les hommes des intrus. Ils le savaient et préféraient se taire, chasser de leurs pensées des dangers dont la seule évocation suffisait à leur redonner force et vigueur.

— Oui, ça va souffler, cette nuit ! affirma Marlène Macchat qui, à presque cinquante ans, se pomponnait comme une jeune fille et s'habillait si court qu'on voyait la moitié de ses cuisses.

— Heureusement que nos pêcheurs sont rentrés.

Le premier à réagir fut Pierre Maison. Il s'était retiré dans une maison qui appartenait à sa mère et qu'il avait restaurée pendant ses premières années de retraite. Ce n'était pas le travail pendant sa vie active qui l'avait fatigué. Il était arrivé ici avec l'ambition de devenir le maire de la commune, mais les gens avaient préféré Maurice Legoff, le fils de l'ancien maire, comme si cette charge était héréditaire.

Malgré la télé, Internet et les téléphones portables, le pays vivait en dehors du monde et du temps, comme les rochers dans la lande qui faisaient les mêmes grimaces depuis des millénaires. À la fin de l'été, les derniers touristes partis, le village retrouvait son aspect intemporel qu'il ne montrait pas aux étrangers.

— La malédiction est sur le pays !

Pierre Maison s'emporta :

— Vous n'allez quand même pas croire à ces conneries ?

Tout le monde le regarda, offusqué, comme si ses paroles irrespectueuses avaient le pouvoir d'attirer le malheur. Juliette Usellat tourna autour d'elle de gros yeux apeurés.

— Des conneries ? T'as déjà oublié la tempête de l'autre année ? Les oiseaux avaient crié comme ça, et les chiens, tu te rappelles pas que les chiens se cachaient dans les coins les plus reculés des maisons ?

— Je sais, répliqua le cheminot avec un sourire moqueur. Les animaux sentent ces choses-là, mais c'est pas une raison

21

pour en faire toute une histoire ! On a connu d'autres tempêtes et on est toujours là. Ici, on ramasse toutes les colères de l'océan parce qu'on est tout près. C'est d'ailleurs ce qui fait la grandeur de notre pays.

Tous repensaient à la légende que les anciens racontaient le soir, à la veillée. Celle du vieux chevalier d'Audierne qui voulait que sa fille, la belle Gwenaëlle, épouse un riche seigneur de Laval. La jeune femme avait préféré se jeter dans l'océan du haut de la falaise plutôt que de quitter son pays. Depuis ce temps, l'âme de cette pauvre créature hantait la côte et avertissait les animaux des tempêtes.

— Ouais, fit Maison, qui s'éloigna sans préciser avec quoi il était d'accord.

Marguerite Neyrec, qui parlait peu mais que les gens écoutaient beaucoup parce qu'elle était sensée, dit :

— Jérôme est rentré ainsi que notre deuxième bateau. Alors, le reste...

À cet instant, la vieille Noémie Pillard sortit au bras de sa fille Ghislaine. Elle avait élevé ses douze enfants et s'était ratatinée au point de n'être pas plus grande qu'une fillette de dix ans. Elle était tellement menue dans sa robe trop large qu'on aurait pu redouter que le vent l'emporte comme une feuille morte. Noémie était aveugle et marchait en lançant ses pieds devant, levant sa tête aux yeux inexpressifs. Sa fille Ghislaine, qui était infirmière, faisait chaque jour le trajet jusqu'à Quimper pour son travail, puis rentrait le soir à Sabrenat pour s'occuper de sa mère. Elle ne s'était jamais mariée. Les villageois disaient qu'elle s'était sacrifiée pour la vieille Noémie, qui n'avait pas toujours été aussi docile.

— Ça sent la diablerie ! grogna l'aveugle sans s'arrêter de marcher.

Les autres s'étonnèrent de cette parole incongrue, à cet instant précis, alors que les oiseaux avaient cessé leur vacarme.

— Ça sent le diable qui est entré chez nous par la grande porte ! Ça sent aussi le malheur !

— Qu'est-ce que tu racontes ? s'étonna Ghislaine. Rentrons, il fait frais et humide.

La petite vieille passa près du groupe aussi légère qu'une plume. Tous tendaient l'oreille, attendant malgré eux les cris des oiseaux et surveillant les chiens qui s'agitaient et aboyaient pour un rien.

— Le diable est dans l'église ! ajouta Noémie.

Paul Benalec gara sa voiture au garage et retourna au presbytère. Il sentait, en empruntant le couloir qui conduisait aux chambres, le poids des vies simples que l'antique demeure avait abritées, une chaîne de curés sans histoire et disciplinés. Les cloisons aux tapisseries fanées lui opposaient la présence muette de ces prélats sans histoires. Le temps avait lustré les meubles, usé les poignées des portes, jauni la paille des chaises : les serviteurs de Dieu étaient là et l'observaient.

Il passa dans la cuisine, ouvrit au hasard une porte au fond du couloir et découvrit une chambre aux rideaux poussiéreux. Une tenace odeur de vieux linge lui arracha une grimace. Il posa sa valise sur un lit très haut couvert d'un édredon rouge, et ouvrit la fenêtre qui grinçait. Il retourna dans le bureau, de loin la plus grande pièce et la plus accueillante. Des livres reliés de cuir remplissaient les rayonnages d'une bibliothèque, le crucifix en bois accroché au mur braquait sur lui un regard accusateur. Il prit place dans le fauteuil. Des papiers épars jonchaient le maroquin. Paul Benalec les parcourut et sourit en découvrant les préoccupations du vieux curé Pons : « Ne pas oublier d'aller confesser la mère Janiac », « Dire à Marthe d'acheter du sucre et des biscottes », « Penser à parler du Saint-Esprit aux enfants ».

Quelques instants plus tard, il se leva pour aller fermer la fenêtre. La mauvaise odeur s'était estompée. Les murs épais du presbytère l'empêchaient d'entendre le bruit du vent et des vagues. Ici, dans le silence de vieilles choses, de meubles oubliés, en face du désordre de son prédécesseur, il eut la certitude que la maison le rejetait. Seuls les curés ordinaires pouvaient habiter ici.

Il s'agenouilla sur le prie-Dieu et, posant la tête sur l'accoudoir, plongea dans une profonde méditation. Il avait appris, durant son séjour au monastère, que le temps passé ainsi n'était pas du temps perdu, bien au contraire. L'âme, en retrouvant ses marques et sa dimension universelle, se ressourçait. Il cessait d'être un homme de chair pour devenir une simple conscience éveillée, hors du temps, un esprit proche de la nature et de ce que l'on pouvait appeler Dieu.

Quelqu'un avait frappé. Il se redressa, surpris. Qui venait le poursuivre jusqu'ici ? Il descendit le petit escalier et ouvrit la porte. Une vieille femme portant la petite coiffe bretonne se tenait sur le seuil. Elle lui sourit.

— Bonsoir, monsieur le curé. Je suis Marthe Pollet, la veuve qui s'occupait du pauvre père Pons. Je lui faisais sa cuisine, son ménage, et je m'occupais de son linge.

— Oui, on m'a parlé de vous. Je pensais vous rendre visite demain matin. Je suis heureux que vous souhaitiez continuer de travailler pour moi.

— Ce n'est pas pour le maigre salaire que j'en ai, répliqua la femme aux cheveux frisés que le vent avait libérés de sa coiffe, c'est pour m'occuper et être proche de Dieu, pour le servir et qu'Il pardonne à mon pauvre Luc. Je suppose que vous êtes au courant, que les gens d'ici vous ont parlé…

— Non, pas du tout. Je n'ai vu personne à part le monsieur qui tient le bar et m'a dit être l'adjoint au maire.

— Jugon ? Il est bien placé pour connaître toutes les nouvelles et aussi pour en inventer quelques-unes !

Tout en parlant, la voix de la vieille femme s'était assombrie, ses paupières froissées s'étaient abaissées sur ses yeux clairs. Elle avait le front large et ridé, le visage très maigre, des yeux enfoncés dans leurs orbites mais pleins de volonté. Un regard qui allait au-delà du visible...

— J'ai travaillé à l'usine à Quimper et je touche une retraite, poursuivit-elle en baissant la voix. Je n'ai pas besoin d'argent, je vous demanderai seulement de temps en temps de dire une messe pour mon pauvre Luc.

— Et vous croyez qu'une messe de temps en temps suffira ?

— Qu'est-ce qu'on peut de plus ? Il est mort, monsieur le curé, abattu comme un chien par des policiers à Paris. C'était un bon garçon, mais il s'est laissé entraîner. Il ne méritait pas de mourir comme ça, sur le trottoir. Mais si Dieu l'a voulu ainsi, c'est sûrement pour le punir. Les messes, c'est pour rappeler à Dieu que Luc est aussi Son fils...

Les yeux de Marthe s'étaient mouillés. Elle baissa la tête. Paul pensa alors à sa propre mère, si semblable à Marthe, et qui pleurait aussi un fils perdu en mer par sa faute. Il blêmit, son menton tremblait. À son tour, il baissa la tête.

— Vous ne vous sentez pas bien ? demanda Marthe d'une voix tellement douce qu'il leva les yeux vers elle, comme rassuré par sa franchise.

— Non, c'est rien. Je pensais aussi à ma propre mère. La vie n'est simple pour personne.

— Je l'envie, quels que soient ses malheurs. Un fils devenu prêtre, c'est quand même formidable, c'est mieux qu'un fils devenu voleur de banques.

— Vous n'en savez rien, Marthe, répondit Paul sur le ton de la familiarité. Je ne suis plus tout jeune. J'ai eu une vie avant d'être prêtre. Et dans une vie, il s'en passe des choses, des bonnes et des mauvaises. On ne peut en mesurer la portée que lorsqu'on les a vécues.

— La pire vie qui conduit à Dieu ne peut être qu'une vie enviable. Bon, je vais vous préparer quelque chose à manger, j'ai apporté des légumes et un peu de viande.

Elle passa dans la cuisine en habituée des lieux et prépara le repas comme si elle était chez elle.

— C'est pratique pour moi, j'habite la maison au bout de la place, de l'autre côté, sur la route d'Audierne. Il ne faut pas vous occuper de moi. Je vais, je viens, vous trouverez toujours votre repas, votre assiette sur la table, votre lit fait et votre linge propre repassé.

Paul la regarda un long moment s'affairer dans la cuisine. Sa présence lui faisait du bien. Par une association d'idées, il pensa aussi à son père. Où était-il ? Qu'était-il devenu depuis ce jour où il avait quitté la maison familiale ? Le souvenir terni de celui qu'il avait imaginé parti pour une conquête merveilleuse, une épopée digne des grands voyageurs, le rejoignait dans son errance.

— Bon, c'est prêt, dit Marthe en s'essuyant les mains. J'ai mis le couvert dans la cuisine car je dois ranger le bureau. Je le ferai demain, maintenant, il faut que j'y aille, mon petit Amaury va rentrer de l'école. C'est pas un enfant facile, et ce qui s'est passé ne l'a pas arrangé.

Paul lui lança un regard curieux. La femme se crut obligée de préciser :

— Amaury est le fils de mon Luc. Je dis bien « mon » Luc. C'est pas parce qu'il a été tué par les policiers à Paris qu'il ne reste pas mon fils. C'est moi qui garde Amaury, sa mère ne veut plus le voir. Et on dit que l'air marin est bon pour les enfants.

— Vous avez raison, et puis la proximité de l'océan ouvre leur imagination.

— Il est très dissipé, ajouta Marthe en poussant un soupir. Je n'arrive pas toujours à le comprendre. Il ne sait pas se faire remarquer autrement qu'en faisant des bêtises. J'ai tellement peur qu'il ne suive le chemin de son père ! Pourtant, chez nous, on est tous honnêtes et travailleurs…

Marthe prit son châle et se dirigea vers la porte.

— Ils sont encore tous sur la place à écouter le temps, constata-t-elle. Ça va faire mauvais cette nuit !

— Je sais, répondit évasivement le curé.

À cet instant, la porte du bas claqua. Des pas rapides martelèrent l'escalier. Un enfant essoufflé arriva à l'étage, s'arrêta dans l'entrée de la cuisine, regarda tour à tour sa grand-mère puis Paul Benalec. La tête ronde, les cheveux en broussaille, il avait peut-être dix ou onze ans.

— Ah, te voilà ! fit Marthe. Dis bonjour à monsieur le curé.

Amaury observait Paul de la tête aux pieds. La balafre qui entaillait sa joue gauche et montait se perdre au-dessus de l'oreille l'impressionnait.

— Qu'est-ce que vous avez fait ? demanda le gamin. On a essayé de vous tuer ?

— Mais non, c'est une ancienne blessure, rectifia Benalec, qui ajouta pour rassurer l'enfant : J'ai eu un accident de voiture.

— C'est moche ! s'exclama Amaury en faisant la grimace.

Il avait dans sa voix fluette une impétuosité moqueuse, un peu railleuse. Marthe le sermonna :

— Je t'en prie, Amaury, parle autrement et dis bonjour à monsieur le curé.

Le gamin éclata de rire.

— C'est moche !

Amaury tourna les talons et dévala l'escalier avec l'agilité d'un cabri. Marthe soupira :

— Je ne sais pas ce que je vais en faire. Il ne m'écoute pas et n'en fait qu'à sa tête. Il ne s'intéresse qu'à son ordinateur et à ses jeux ! Vous croyez que c'est comme ça qu'on en fera un homme ?

— Son ordinateur ?

— Oui, c'est une invention de Mme Vouzac, l'assistante sociale, et de M. Jeurin, l'éducateur. Ils n'ont rien trouvé d'autre pour le faire tenir tranquille. Mais ça n'a pas servi à grand-chose !

Paul accompagna la vieille dame jusqu'à la porte. Le vent soufflait de plus en plus fort. Au large, derrière la digue, les vagues devaient atteindre la taille d'une maison. L'image de cette maison d'eau se déplaçant à grande vitesse en fracassant tout sur son passage le glaça d'effroi. Il ferma vivement la porte, même si son devoir l'appelait à aller au-devant des gens rassemblés sur la place. N'était-il pas là pour les rassurer, leur dire que ce n'était qu'une tempête ordinaire ? Il s'assit, le cœur battant. Les cris de ses compagnons résonnaient encore en lui. La vague scélérate renversait le *Fringant*, prisonnier du chalut que Paul avait refusé de remonter. Et Médéric Lebleu hurlait : « Si on s'en sort, je te jure que je te casserai la gueule ! »

Il se dressa, haletant, courut s'agenouiller sous le crucifix, joignit les mains. Le vent faisait vibrer la toiture, les volets claquaient. Paul ferma les yeux, attendant la lumière apaisante de la prière. Mais son esprit restait noir, livré à son enfer. Le grondement de la tempête avivait sa blessure. Il chercha son bréviaire. Paul n'était pas un homme d'appareil, et il n'obéissait qu'à ce qu'il croyait utile et raisonnable. Pour lui, la lecture du bréviaire, comme la messe quotidienne, n'avait de sens que pour aider le prêtre à rester dans la proximité de Dieu. Mais ce soir, les mots avaient perdu leur sens et la musique des phrases ne l'apaisait pas.

La pensée de Marie ne le quittait plus. Son beau visage se profilait devant lui, sa silhouette frêle et pourtant forte, ses cheveux noirs que le vent décoiffait, sa peau un peu mate qui relevait l'éclat de ses yeux bleus. Marie était une partie de lui-même dont il se sentait indigne. C'est ce qu'il lui avait écrit, du fond de sa retraite monacale : *J'ai voulu mourir parce que je ne peux plus paraître devant toi. L'enfant que nous aurions eu aurait été l'enfant de la honte que je n'aurais jamais pu regarder en face. Je suis un lâche, un monstre avec qui tu n'aurais pas été heureuse. Refais ta vie avec un autre, un homme généreux et digne de ta grandeur d'âme. Moi, j'ai voulu mourir pour ne plus me trouver en travers de ton chemin. Tu dois considérer que l'homme avec qui tu as vécu s'est tué d'une balle dans la tête. Il ne reste que celui que Dieu a voulu vivant pour se consacrer aux autres et expier sa faute.* Marie n'avait jamais répondu. Ils vivaient ensemble depuis dix ans et avaient prévu de se marier. Ils avaient imaginé une grande fête sur le port de Concarneau. Tous les amis, tous les marins auraient été là pour trinquer au bonheur de leur patron Paul Benalec qui, à cette occasion, leur aurait annoncé l'achat d'un second bateau…

Il retourna dans la cuisine. Le vent avait redoublé d'intensité. Paul imaginait les vagues passant par-dessus la digue. Devant lui, l'assiette, le verre, et les couverts le plaçaient face à sa solitude. « Je suis un salaud ! » pensa-t-il. Sur la cuisinière, un restant de ragoût répandait une agréable odeur. Mais Paul n'avait pas faim.

Des coups frappés à sa porte le firent sursauter. Il se leva en se demandant qui pouvait venir le déranger à cette heure. Marthe qui avait besoin de sa casserole ? Un curieux qui voulait voir la figure du nouveau curé avant les autres ?

Les coups frappés se répétèrent. Paul descendit l'escalier et hésita avant d'ouvrir la lourde porte en ogive. Enfin, il poussa le verrou qui grinça, et appuya sur la poignée. Il sursauta.

— Pétronille ?

— Oui, Pétronille. Monsieur le curé, il faut que je vous voie, c'est urgent !

Le curé laissa entrer la jeune femme et ferma la porte d'une main tremblante. Son passé le rattrapait et il allait déjà devoir rendre des comptes ! Les jambes lourdes, il suivit la jeune femme dans l'escalier. Celle-ci passa directement dans le bureau, comme si elle connaissait la maison, posa son sac sur un siège, puis son imperméable mouillé.

— Pétronille, quelle surprise ! dit Paul en s'approchant d'elle, mais n'osant pas l'embrasser comme il le faisait autrefois.

— Je vois que vous vous en tirez bien, monsieur Benalec. Que vous avez endossé la tenue de prêtre pour devenir intouchable ! La lâcheté n'a pas de couleur, mais le noir lui va bien !

— Il me semble que tu me tutoyais ?

— Je tutoyais le patron d'Antoine, mais désormais vous êtes le représentant de ce Dieu que je déteste ! Franchement, les lâches et les criminels sont Ses meilleurs clients !

La femme braquait sur Paul un regard mauvais. Cette petite brune aux cheveux courts n'avait pas changé depuis le temps où son mari, Antoine Bernard, travaillait avec Paul sur le *Fringant*. Ses yeux, toujours aussi perçants, fixaient le curé, mais ne voyaient que le responsable de la mort de son mari. Ce fut Paul qui baissa la tête en premier.

— Pour nous, ça va très bien, dit Pétronille avec une contraction du visage qui la vieillissait. Avec mes trois filles, on fait comme on peut. On mange des pâtes parce qu'on n'a pas les moyens d'acheter autre chose. Et on vit avec la pensée qu'un salopard s'est caché derrière quelque chose de généreux pour échapper à la honte qu'il doit ressentir.

— Qu'est-ce que tu me veux ? Je suis là, désormais, et je t'aiderai comme je le dois.

— Certainement, mais vous ne remplacerez jamais le père de mes filles dont le corps n'a jamais été retrouvé, bouffé par les crabes et les étoiles de mer, bouffé par les charognards de l'océan.

Deux larmes perlèrent au coin de ses paupières. Paul gardait toujours la tête baissée. Pour la première fois, il se trouvait en face d'une des victimes de sa grande faute. À Pétronille aussi il avait écrit du fond de son monastère pour lui demander pardon. Elle non plus n'avait pas répondu.

Enfin, elle se décida et prit une longue inspiration :

— Pouvez-vous me recevoir en confession ?

— Certes, je le peux. Mais est-ce bien le moment ?

— C'est plus que jamais le moment. Le secret de la confession est bien inviolable, n'est-ce pas ? demanda-t-elle encore en fouillant dans son sac.

— Totalement inviolable. Je te rassure.

— Alors, c'est bien.

Elle sortit de son sac un paquet en plastique qui contenait un objet lourd, l'ouvrit, puis le posa sur ses genoux. Elle enfila des gants sous le regard étonné de Paul, plongea la main dans le paquet et en sortit un pistolet. Le curé recula, effrayé.

— Pétronille, qu'est-ce qui te prend ? Tu es devenue folle ?

Le visage de la femme se contracta encore. Des rides se formèrent sur son front. Elle secoua sa tête de petit garçon.

— J'en ai eu la tentation, mais n'ayez crainte, monsieur le curé. Je ne vais pas vous tuer, ce serait trop doux pour vous et je n'y trouverais aucun contentement. Voici donc ma confession.

— Oui, mais pose d'abord ça. Je redoute que tu ne fasses une bêtise, dit Paul en prenant l'arme qu'elle lui abandonna.

Un léger sourire passa sur le visage de Pétronille pendant que Paul examinait le pistolet pour en vérifier le chargeur. Une forte odeur de poudre l'inquiéta.

— Range-le, ajouta-t-il.

Pétronille reprit le pistolet avec sa main gantée, l'enfouit dans le sac en plastique et le rangea.

— Voilà, monsieur le curé, comme vous êtes tenu par le secret de la confession, vous ne pourrez divulguer à personne ce qui vient de se passer ici et ce que je vais vous dire.

— Je ne comprends pas.

— C'est simple. M. Legyère, que vous connaissez bien, a récemment reçu une lettre de vous lui indiquant que vous souhaitiez le voir, n'est-ce pas ?

— C'est vrai, admit Paul. Legyère a touché la totalité de la somme qu'il avait engagée pour m'aider à financer mon bateau. Je lui ai écrit pour lui demander qu'il m'en rétrocède une partie que je destinais à toi et à Jacqueline Lebleu...

— Eh bien, M. Legyère a été assassiné ce soir avec cette arme. On n'a pas encore trouvé le corps, mais ça ne va pas tarder. C'est moi qui l'ai tué, c'est moi qui l'ai entraîné dans un guet-apens. D'abord parce que je le hais. Il nous a laissées croupir dans la misère, moi et mes filles, et nous n'avons rien eu de l'assurance. Ensuite, parce que je veux qu'on vous accuse. Et comme vous ne pouvez rien dire, vous serez condamné. Si vous parlez, vous reniez votre engagement envers Dieu et vous vous condamnez par ailleurs ! Ce sera ça, ma vengeance.

Sans rien ajouter, Pétronille prit son sac à main, sortit du bureau mal éclairé et quitta le presbytère. Le silence envahit la pièce. Paul Benalec restait de marbre, assis à son bureau. Puis il réagit, dévala l'escalier. Devant la porte restée entrebâillée, il balaya du regard la place qui s'était vidée. Le vent, que les toitures ne retenaient plus, avait redoublé de violence. Seul un chien se hasardait encore avant de retrouver son maître. Pétronille avait disparu. Le curé ferma la porte et remonta à son bureau, plus que jamais étranger en lui-même.

Ch 3

La tempête dura toute la nuit, mais ce ne fut qu'une tempête ordinaire. Les Sabrenais en avaient l'habitude. Les pêcheurs, levés dès quatre heures du matin, jaugeaient la météo, espérant un rapide retour au calme pour rejoindre leurs lieux de pêche. Le brassage de la nuit était particulièrement favorable à la capture des gros bars, mais le vent ne mollissait pas et aucune amélioration n'était prévue avant la fin de la matinée.

Vers cinq heures du matin, Éric Laroch se réveilla avec un violent mal de tête, étonné d'avoir dormi la tête posée sur le volant de sa voiture. La pluie cinglait son pare-brise. Que faisait-il là, dans ce chemin de terre, alors que sa femme l'attendait à Sabrenat ? Il se souvint de sa soirée chez son frère, à qui il était allé donner un coup de main. Il avait un peu trop bu et ne s'était pas senti capable de rentrer. Il avait garé sa voiture dans ce chemin pour se reposer un instant et s'était endormi.

Il rentra à Sabrenat, passa embrasser sa femme puis décida de se rendre au port pour s'assurer que son bateau n'avait pas subi de dommages. La moindre avarie l'aurait cloué à terre et il n'avait pas besoin de ça. La pêche n'avait pas été bonne ces derniers temps, il n'avait pas pu payer les mensualités à M. Legyère qui lui avait avancé une grosse somme

35

d'argent. Éric était un travailleur acharné. Le petit mousse qui avait débuté à Douarnenez sur un chalutier réalisait son rêve : s'installer à son compte dans son village natal. Il n'avait jamais failli à sa vocation. La mer l'appelait depuis son plus jeune âge. Quand ses parents le cherchaient, ils savaient où le trouver : sur le port, à regarder inlassablement les bateaux qui sortaient de la rade et ceux qui rentraient, entourés d'une nuée de mouettes criardes. Il ne ratait pas la criée, rêvait devant les cageots pleins de poissons encore frémissants. Après son apprentissage, Éric, devenu un homme de grande taille, plutôt maigre, le visage anguleux, les cheveux à peine ondulés, presque blonds, décolorés par le sel et l'iode, était un marin solide et sérieux. Même s'il avait un peu forcé la veille sur le calvados, il buvait peu et ne faisait pas la fête. Son rêve de devenir un artisan de la mer, libre, sans dettes, occupait chaque instant de sa vie.

Il sortit de chez lui sans faire de bruit pour ne pas réveiller sa fillette qui dormait dans la pièce du bas, flatta son chien du bout des doigts. Au port, il retrouva André Michaud, son beau-frère, qui écopait l'eau de son propre bateau. Les deux hommes bavardèrent quelques instants. Éric monta dans son embarcation, puis se résolut à rentrer chez lui. Quand la météo n'était pas favorable, il se consacrait à son deuxième métier : l'ébénisterie. Il aurait pu devenir charpentier pour bateaux mais avait préféré une activité qui tranchait avec sa passion de l'océan. Il fabriquait des meubles solides et légers, dans son atelier, à côté de sa maison. Les commandes étaient suffisantes. On lui apportait des chaises, des fauteuils à retaper, des commodes, et parfois d'antiques joyaux qu'il renonçait le plus souvent à réparer. « Ça, c'est un travail d'artiste, disait-il, et je ne suis qu'un ouvrier ! » Cette modestie, au lieu de lui enlever des clients, assurait sa renommée. Éric Laroch était sérieux et parlait juste.

Il descendit le sentier clair, entre les deux haies d'ajoncs, vers le port naturel réaménagé récemment grâce à l'argent du conseil général et à une subvention du ministère de la Pêche. Le vent terminait sa course sur les crêtes rocheuses. La tempête mollissait. Les vagues faisaient moins de bruit, le ciel s'éclaircissait.

Il éteignit sa lampe et prit le chemin du retour, mais comme le jour se levait, que l'air frais lui faisait du bien, il prit la direction des falaises. De son promontoire, il pouvait voir les dernières grosses vagues mourir sur les rochers, laissant la surface de l'eau se couvrir d'écume que l'aube éclairait comme les flammes d'un incendie. L'horizon rougeoyait sur un océan sombre marbré de taches claires. À l'est, le soleil se levait au-dessus des terres. Éric écouta le cri des oiseaux de mer, puis hésita. Devait-il aller chercher ses appâts et tenter une sortie vers la zone rocheuse où les gros poissons attirés par le brassage de l'eau devaient être nombreux ? La marée descendante lui laissait peu de temps ; il décida alors de se rendre à son atelier. Soudain, son pied heurta un obstacle qu'il n'avait pas vu dans la pénombre. Il s'affala dans la bruyère, se releva prestement, alluma sa lampe et poussa un cri en reconnaissant l'homme qui gisait au sol, étendu, le visage raide et livide. Après un instant d'hésitation, Éric reprit ses esprits, regarda autour de lui comme s'il redoutait qu'on le voie. Enfin, il se pencha sur le corps et demanda d'une voix anxieuse :

— Monsieur Legyère ? Qu'est-ce qui se passe ? Vous êtes blessé ?

Pas de réponse. Il pensa appeler des secours, puis se ravisa. M. Legyère était bien mort, une tache de sang sur sa chemise claire montrait qu'il avait été assassiné.

— Nom de nom ! murmura Éric.

Il hésitait. Tout le monde savait qu'il avait une grosse dette envers cet homme d'affaires aux principes plus que contestables. Tout le monde savait aussi qu'il avait beaucoup de retard dans ses remboursements et que M. Legyère l'avait menacé de faire saisir le *Sémillant*. Qu'allait-on penser ? Qu'Éric l'avait assassiné ? Non, les gens savaient qu'il était honnête et pas suffisamment idiot pour croire qu'un assassinat effaçait une dette. M. Legyère s'était fait beaucoup d'ennemis, Éric ne serait pas soupçonné, mais s'il donnait l'alerte on pourrait se demander ce qu'il faisait là et non sur le port. Et puis, il y avait cette rumeur à laquelle il ne voulait pas croire mais qui l'accuserait immanquablement. Une rumeur venimeuse qui le plongeait dans de terribles colères : M. Legyère serait l'amant de sa femme !

Il eut la tentation affreuse de cacher le cadavre, de le faire disparaître en le jetant par-dessus la falaise. L'océan, encore agité, aurait pu emporter le corps. Mais, retenu par une espèce de certitude qu'un tel acte ne resterait pas impuni et que les courants finiraient par ramener la dépouille au pied des falaises à marée basse, il se ravisa. Après tout, personne ne l'avait vu à cet endroit. Il décida de ne rien dire.

Mathilde préparait le café quand Éric rentra chez lui. Elle comprit à son visage blême que quelque chose de grave s'était produit. Elle s'approcha de lui. C'était assurément une belle blonde aux grands yeux bleus et aux formes avantageuses.

— Le *Sémillant* ? demanda-t-elle dans un souffle à peine audible.

Il secoua la tête et se laissa tomber sur sa chaise en poussant un profond soupir. Mathilde lui prit la main et sentit, par le mouvement retenu de son mari, qu'il voulait être seul.

— Alors, qu'est-ce qui ne va pas ?
— Rien, tout va bien.

Il vida sa tasse de café d'un trait.

—Je vais travailler à l'atelier jusqu'à dix heures. Plus tard, quand la marée sera haute et si le vent se calme, j'irai faire un tour sous les falaises.

Il passa dans son atelier contigu à la maison. Mathilde comprenait à l'attitude de son mari qu'il lui cachait quelque chose. Souvent, Éric sombrait dans des colères silencieuses pendant lesquelles il ne parlait pas. Mathilde, qui en connaissait la cause, avait beau tenter de le rassurer, rien n'y faisait. La rumeur concernant ses relations avec M. Legyère ne cessait de se propager et elle n'avait aucun moyen de la faire taire.

Éric entra dans son atelier. Mathilde entendit presque aussitôt le sifflement rassurant de la scie à ruban. Pauline, réveillée par ce bruit inhabituel le matin, appela sa mère..

* * *

C'était un dimanche, mais ici, au bout de la terre, en face du vent et de l'océan, les jours se succédaient, semblables et laborieux. Les pêcheurs sortaient en mer chaque fois que c'était possible, sans se préoccuper du calendrier. Aujourd'hui, s'ils restaient au port, c'était à cause du vent. Cela leur laissait le temps d'assister à la messe, la première du nouveau curé.

Ils étaient tous curieux de le voir officier avec ses épaules de marin et son visage balafré de bagnard. Tous voulaient entendre prêcher cet ancien pêcheur qui leur ressemblait et à qui il était arrivé ce qu'ils redoutaient le plus : perdre son bateau et ses hommes d'équipage lors d'une tempête semblable à celle qui s'achevait.

À neuf heures précises, la nef de l'église était pleine comme cela n'était pas arrivé depuis longtemps. Les habitués occupaient les premiers rangs. Pour l'occasion, le curé d'Audierne avait envoyé sa chorale. Paulette Bersac s'était assise au clavier de l'harmonium. Quand Paul Benalec sortit de la sacristie, l'assistance se tut. Paulette, une femme d'une cinquantaine d'années, sèche et portant un chapeau orné d'une plume bleue, donna le départ des chants. Les voix des enfants, aussitôt rejointes par celles des adultes, montèrent sous la nef dont les voûtes réfléchissaient le son en une harmonie qui toucha Paul. C'était un chant de bienvenue et, dans cette vieille bâtisse, les accents généreux, la force de la mélodie s'imposaient en une musique venue du fond des siècles et tournée vers l'infini. Paul s'approcha de l'autel et se tourna vers l'assistance, puis, les mains jointes, ému, attendit la fin du chant pour se présenter.

— Merci. Je suis votre nouveau curé et je m'engage solennellement à vous servir de toute mon âme, à vous consacrer toutes mes journées, à prier pour vous, à vous écouter et, quand vous le souhaiterez, à vous conseiller.

Les gens ne quittaient pas son visage buriné de marin, son front creusé par les rides et surtout sa balafre qui détonnait avec ses habits sacerdotaux. Il tendit ses grosses mains vers la foule. Il avait le regard clair des Bretons, les cheveux raides et châtains. C'est un bel homme, pensèrent les femmes, un rude gaillard, se dirent les hommes, et qu'il ne faudrait pas trop chercher !

Paul poursuivit :

—Je vous dois la vérité. Je suis un homme du pays. Je viens de Concarneau, ma famille est originaire de Pont-l'Abbé. Rien ne me disposait à devenir prêtre. J'étais un marin pêcheur et j'aimais mon métier. Je ne m'occupais pas beaucoup de religion. Quand un grand malheur est arrivé. J'ai perdu mes trois compagnons en mer. J'ai voulu mourir à mon tour, et puis…

Pas un souffle, pas un bruit ne s'opposait aux paroles qui résonnaient dans cette église de granit avec la clarté d'une source surgie des tréfonds de la terre. Tous les paroissiens regardaient leur curé, un homme ordinaire qui leur ressemblait, appelé par une vocation tardive. Ce miracle les concernait.

— Cette voix était irrésistible, poursuivit Paul Benalec. Elle m'ordonnait de me retirer dans un monastère. J'y suis resté six ans. Jésus est entré dans mon cœur pour m'accompagner dans ma vie de tous les jours. Il m'a montré le chemin. Ce n'était pas le plus facile, j'en connaissais d'avance les embûches. Mais je ne pouvais pas faire autrement que de le suivre et appliquer ses règles : l'amour du prochain, l'humilité face à ce qui nous dépasse. L'océan, les tempêtes, la vie d'une mouche ou les premières fleurs du printemps. Alors, j'ai décidé d'être prêtre.

— Il parle bien, souffla Georges Dumas à son voisin, un employé de banque réputé pour sa bigoterie.

— Paraît qu'il a passé son bac avant de devenir marin pêcheur.

— Et Il m'a dit : « Regarde ces gens qui se détournent de Mon Église, qui ne croient plus à l'idéal humain qui est celui de Dieu, et comprends que c'est la faute de ceux qui parlent en Mon nom. Explique-leur Mes paraboles avec les mots d'aujourd'hui. Ton devoir sera de les ramener vers Moi en leur parlant franchement, avec ton cœur ! »

— Qu'est-ce qu'il veut dire ? demanda Georges Dumas, inquiet.

— Je crois qu'il est temps de sortir d'un immobilisme qui ne sert personne. La Bible n'est plus crédible si on la prend à la lettre, tout comme les Évangiles. Et puis, n'est-ce pas de l'idolâtrie que de s'agenouiller devant une statue de plâtre pour que le saint qu'elle est censée représenter intervienne pour nous auprès de Dieu ?

Marlène Macchat jeta un regard étonné vers Juliette Usellat. Hervé Jugon se tourna vers le maire qui se trouvait à deux places de lui. Que signifiait ce langage si inhabituel, si peu chrétien ? Que voulait dire ce curé qui s'en prenait aux statues des saints protecteurs des marins ? Pourquoi ne se contentait-il pas de commenter les textes de l'Évangile ? Les prêches du vieux Pons, eux, ne poussaient qu'à des réflexions simples, dans la plus pure tradition. On s'assoupissait un peu, on pensait à tout autre chose, mais après les recommandations, un peu comme un maître fait la leçon à ses élèves, on rentrait à la maison avec le sentiment d'avoir rempli ses obligations.

— Rappelez-vous du message le plus important, et accessible à tous : un homme, Jésus, a donné sa vie pour sauver l'humanité tout entière, les bons, mais aussi les méchants, les généreux et les criminels, tous ! Cette leçon doit toujours être présente dans votre esprit.

Paul se tut un instant, parcourant l'assistance pour bien mesurer la portée de ses paroles. L'image de Marie pleurant le jour de son départ pour Sept-Fons s'était imposée avec une telle force qu'il n'arrivait plus à rassembler ses pensées. Il se souvenait de la lettre écrite après sa décision de devenir prêtre et la répéta mot pour mot dans cette église où elle avait toute sa place :

— Jésus est mort sur la croix pour les hommes. Ceux qui l'aimaient comprirent qu'il vivait en eux quand ils donnaient leur vie pour faire connaître son message d'amour. Et maintenant, je m'adresse à ceux qui douteraient de sa résurrection. Croyez-vous que cela ait beaucoup d'importance ? Depuis sa crucifixion, il vit dans nos cœurs, c'est ce qui compte !

Cette fois, un léger remous parcourut l'assistance. Pouvait-on douter du retour de Jésus trois jours après sa mort ? Les apôtres seraient-ils des menteurs ? Les paroles de ce curé étaient vraiment étranges et beaucoup pensaient à la vieille Noémie Pillard qui avait senti l'odeur du diable en traversant la place au bras de sa fille. Ce matin, elle était au premier rang, mais elle ne levait pas son visage vers le curé, et Ghislaine s'étonnait des tremblements qui parcouraient ses bras et son épaule touchant la sienne.

Paul Benalec remonta vers l'autel et commença une messe où chacun sentit l'intensité de sa prière. Mais à qui s'adressait-elle ? Au ciel ou à l'enfer ? Les fidèles sentaient comme une odeur de soufre. Quand vint le moment du prêche, tout le monde retint sa respiration.

— Qu'est-ce qui compte dans la vie ? C'est le bonheur. On a trop longtemps dit aux malheureux : souffrez sur cette terre, vous serez heureux ailleurs ! Certes, la vie ne s'arrête pas avec la mort, elle se poursuit dans l'au-delà et on peut espérer la récompense de ses bonnes actions. Mais on peut être aussi heureux sur terre, au-delà de l'insatisfaction permanente du besoin matériel, des joies artificielles, en cessant de ne penser qu'à soi. Le bonheur passe forcément par une compassion infinie, par l'amour des autres, par l'autocritique constante qui permet de rejeter notre orgueil pour appréhender la réalité à sa juste valeur. Donner rapporte plus que prendre, et souvenez-vous, l'ennemi n'est pas le diable fourchu de l'enfer mais nous-mêmes, car si nous n'y prenons garde, notre aveuglement peut nous conduire vers la tentation, l'avidité, la colère, la paresse, et tout ce que l'on appelle les péchés capitaux !

Des regards étonnés furent encore échangés. Marguerite Neyrec, qui n'avait pas tout compris, opinait. Après quelques toux à peine appuyées, un silence pesant s'installa. Les bois sculptés reflétaient une pâle lumière venue des vitraux, les statues naïves en bois et en plâtre semblaient elles aussi écouter le nouveau curé, car c'était bien la première fois que l'on parlait ainsi dans cette modeste église.

— Et je vous le dis, poursuivit Benalec, les divisions des hommes sont toujours provoquées par des croyances mises au service des égoïsmes locaux !

43

— Qu'est-ce qui leur a pris de consacrer ce mécréant ? souffla Juliette Usellat.

Un murmure parcourut la foule. Des regards offusqués se croisèrent. Comme le prêtre remontait les marches de l'autel avant de commencer la consécration, les têtes se baissèrent.

À la sortie, les gens se rassemblèrent devant l'église. Le curé prit le temps de changer ses vêtements et arriva par la petite porte latérale. Il serra les mains des uns et des autres, mesurant l'attitude réservée de ses paroissiens. La vieille Noémie Pillard passa près de lui au bras de sa fille et se pinça le nez. D'autres bigotes, rassemblées en retrait, parlementaient à voix basse en lui lançant des regards accusateurs.

— Ne comptez pas sur moi pour vous parler la langue de bois et vous raconter des histoires mièvres oubliées aussitôt, dit-il à un groupe. J'ai trop vécu ! Mon rôle est de vous faire réfléchir sur les véritables questions. Les dogmes religieux ont été écrits à une époque où les gens étaient ignorants. Ce sont des paraboles qu'il faut savoir interpréter. Les découvertes scientifiques le prouvent. Comment croire que le monde a été créé en une semaine, que la femme a été créée avec une côte d'Adam ? Nous devons faire un effort de modernité qui ne change rien au message du Seigneur.

— Peut-être, répondit Marguerite Neyrec, mais on n'a pas l'habitude.

Un groupe s'était formé autour de Georges Dumas. Les fidèles, désemparés par le prêche et l'attitude de ce nouveau curé, formatés aux messes banales du vieux Pons, à ses paroles ordinaires, son imagerie naïve, certes, mais qui leur parlait, se sentaient perdus comme un troupeau sans son berger. Pouvait-on encore tendre les mains vers l'hostie consacrée quand on doutait qu'elle fût le corps du Christ ?

— Pour un croyant, c'est le corps du Christ, avait dit Paul Benalec. Mais une analyse chimique ne révélerait qu'un morceau de pâte ! Il faut restituer les symboles dans leur vérité pour leur redonner toute leur force !

— Et il va nous dire que les croyants qui mangent le corps du Christ sont des anthropophages ? clama Georges Dumas pour qui une telle parole était un sacrilège.

Il souffla à son voisin qu'il fallait avertir l'évêché, et pourquoi pas le Vatican. Il était très remonté, mais baissa le ton quand le curé se tourna vers lui. La personnalité de cet ancien marin tout en épaules, en force virile, de cet homme qui connaissait la vie, l'impressionnait plus qu'il ne le montrait.

— C'est qu'en plus, il n'a pas l'air commode ! Il doit avoir un sale caractère, murmura-t-il à son voisin.

— Vous savez ce qu'il a dit ? souffla Marguerite Neyrec. Il a dit que les statues lui déplaisaient et qu'il les ferait disparaître.

— Et cette manière de mélanger toutes les religions, poursuivit Alphonse Leroy, on se demande à quoi ça sert d'être catholique.

— Moi, je vous dis qu'il ne croit pas en Dieu. Sa manière de parler le prouve et Dieu s'est fâché. C'est pour nous avertir qu'il nous a envoyé la tempête, cette nuit ! poursuivit Marguerite.

— N'exagère pas, elle n'a pas été bien méchante. On en voit des dizaines comme ça chaque année, asséna Pierre Maison.

— Mais qu'est-ce qu'ils font à l'évêché ? conclut Alphonse Leroy. Qu'est-ce qu'il leur prend d'ordonner des curés comme ça !

Tandis que le bistrot se remplissait, un fourgon de gendarmerie s'arrêta sur la place. La nouvelle se répandit aussitôt : on venait de trouver le cadavre d'un homme sur le sentier de la falaise, tué d'une balle en plein cœur.

— C'est M. Legyère, dit quelqu'un. Vous savez, le bourgeois de Quimper qui possède une fabrique de bateaux de pêche, et d'autres affaires ailleurs.

Tout le monde connaissait Maurice Legyère. Un très bel homme qui roulait en Mercedes et faisait crédit à ceux que les banques refusaient d'aider. On le détestait car il aimait se montrer et avait des façons odieuses avec les femmes. Les maris qui avaient promis de lui faire la peau ne manquaient pas. Son assassinat ne choquait pas outre mesure, mais le plus surprenant, c'était qu'on l'avait tué ici, à Sabrenat ! Les gens s'étaient rassemblés autour du fourgon des gendarmes de Pont-l'Abbé. L'un d'eux leur demanda de rentrer dans leurs foyers, mais personne ne l'écouta.

— Ça devait arriver, fit Maison. Il avait des manières qui ne plaisaient pas. J'en connais plus d'un qui le détestait.

— Il savait ce qui l'attendait, ajouta Leroy, c'est pour ça qu'il ne s'attardait pas dans les bistrots. Paraît qu'il avait reçu des lettres de menaces.

— C'est ce qu'il disait, mais va savoir, reprit Angelo Mourasi, le facteur. C'était surtout un chaud lapin. Et beaucoup de maris cocus avaient juré de lui couper ce que je pense !

— Ça, c'est des paroles, conclut Alphonse Leroy, le fabricant d'engrais. On menace beaucoup, mais de là à passer aux actes…

— Eh bien, cette fois, quelqu'un l'a fait ! ajouta Mourasi.

Finalement, ce meurtre ne les touchait pas. Un règlement de comptes entre gens malhonnêtes ne changerait rien à leurs habitudes. Jugon assura que Legyère avait plusieurs maîtresses à Quimper, ce qui ne l'empêchait pas de profiter des pauvres filles à qui il promettait monts et merveilles Il possédait aussi une affaire de négoce et traitait avec des pays africains. Mais il refusait toujours de se rendre à Marseille, où se trouvait un de ses associés, parce que l'air de cette ville ne lui valait rien. Avant de se lancer dans la construction de bateaux, il avait en effet écopé de plusieurs mois de prison ferme pour une arnaque à l'assurance. Non, ce crime ne concernait pas les Sabrenais.

Les groupes se dispersèrent parce que le dimanche n'était pas un jour comme les autres. Les femmes avaient hâte de faire réchauffer les plats préparés à l'avance et de mettre au four les tartes qui marquaient le jour du Seigneur. Chacun prenait le temps de déjeuner et s'attardait à table, puis les plus âgés allaient au bistrot jouer aux cartes, les autres regardaient Drucker à la télévision. Les jeunes jouaient au foot dans l'équipe de Pont-l'Abbé. À part quelques promeneurs, souvent de vieux couples qui marchaient lentement en se donnant le bras, le village était vide. Même les mouettes n'osaient pas troubler la quiétude du port désert.

Marthe avait apporté son repas à Paul Benalec en lui précisant que l'ancien curé déjeunait chez elle le dimanche, tradition qu'elle souhaitait poursuivre avec lui. Paul avait appris en même temps que les autres le meurtre de Legyère. Pétronille était donc allée au bout de sa logique ! Il joua l'étonné, comme tout le monde.

Après le déjeuner, il sortit par le garage qui communiquait avec le presbytère. Le coup de vent de la nuit avait cassé les branches du tilleul en le déplumant de toutes ses feuilles qui recouvraient maintenant le bassin de la fontaine. Il faisait assez frais. Des enfants jouaient au ballon sur la place.

Il regagnait la rue qui conduisait au port quand une petite pierre le frappa à l'épaule. Il fit volte-face et surprit le lanceur, le petit-fils de Marthe, qui s'éloignait à toutes jambes. Quand il fut hors de portée du prêtre, l'enfant se mit à crier : « Hou, le corbeau ! » Il éclata d'un rire nerveux et saccadé puis disparut dans le taillis. Paul se dit qu'au retour de sa promenade il irait voir Marthe. Il s'aventura dans les sentiers toujours ventés qui surplombaient le large, s'approcha du lieu du crime dont l'accès était condamné par des bandes fluorescentes. Paul doutait encore que Pétronille fût capable de tirer froidement sur un homme. Elle avait probablement agi pour protéger quelqu'un. Mais cela ne changeait rien, il serait impliqué tôt ou tard et n'avait pas l'intention de se soustraire à son devoir. N'avait-il pas lui-même tué ses trois compagnons en refusant de relever le chalut tant que c'était possible ? En voulant le détruire, Pétronille lui fournissait l'occasion de payer sa faute.

Ch 4

La sonnerie de son portable fit sursauter Paul qui hésita avant de répondre. Son petit écran affichait « numéro privé ». Il décrocha néanmoins. La voix qui murmura un « allô » lointain lui était tellement familière qu'il la reconnut d'emblée, même s'il ne l'avait pas entendue depuis longtemps. Un vertige brouilla sa vue. Il bredouilla :

— Marie ? Comment as-tu eu mon numéro ?

— Qu'importe. Je t'attends, je suis à Audierne, sur le port.

— Mais Marie, tu sais ce que… As-tu reçu ma lettre ?

— Je sais aussi qu'on devait se marier et que tu m'as écrit une lettre de rupture peu ordinaire, mais c'était quand même une lettre de rupture. Il faut qu'on se voie une dernière fois. Je veux te dire ce que je pense de toi.

La voix était sèche, cassante, haineuse.

— Je t'attends, fais vite, le vent est glacé.

Il implora le crucifix dans la cuisine d'un regard perdu. Comment paraître devant Marie la tête haute ? Il ne l'avait pas revue depuis six ans et se sentait sale, répugnant, honteux de sa fuite. Lui demander pardon une nouvelle fois ne changerait rien. Pendant ses six années de retraite, il avait lâchement espéré que le silence de Marie signifiait qu'elle avait tourné la page. Son appel lui indiquait le contraire.

Paul se savait totalement démuni devant cette femme qu'il n'avait pas cessé d'aimer.

Il rangea son assiette sur l'évier : Marthe passerait faire la vaisselle dans l'après-midi et récupérer son plat. Il prit sa veste et sortit par le garage. Puis, il traversa la place à grands pas. Les enfants arrêtèrent leur jeu pour le laisser passer.

Un cri strident le fit sursauter. C'était le jeune Amaury qui s'enfuyait de chez sa grand-mère en hurlant. Paul se précipita vers le garçon, le prit par l'épaule et l'obligea à s'arrêter.

— Qu'est-ce qui te prend ?

Marthe arriva, essoufflée.

— Cet enfant me fera tourner en bourrique ! s'écria-t-elle.

Amaury tenta de se dégager de la poigne ferme du curé. Comprenant qu'il n'y arriverait pas, il tourna vers Paul son visage rond et fit une petite grimace de chat sauvage.

— Dis-moi, pourquoi tu fais crier ta grand-mère, et pourquoi tu m'as lancé une pierre tout à l'heure, sur la falaise ?

— Je vous déteste, cria le gamin.

D'un geste vif, il se libéra et partit en courant à l'autre bout de la place. Marthe se lamenta :

— Mon Dieu, cet enfant est trop dur ! Et je ne suis plus toute jeune !

— Voulez-vous que j'aille le chercher ?

— C'est pas la peine. Il va revenir. Dès qu'on le contrarie, il se met à crier et court se cacher ! Je lui ai promis que s'il continuait je jetterais son ordinateur dans la mer. Mais franchement, à quoi il a pensé, l'éducateur ?

Marthe repartit chez elle sous le regard des voisins pour qui ce genre de scène était habituel. Paul monta dans sa voiture et emprunta la route qui s'éloignait du littoral pour sillonner une campagne de prairies et de cultures. Des moutons paissaient sur les pentes qu'éclairait un soleil jaune. Par endroits, des blocs rocheux surgissaient des taillis, dressés comme des bergers immobiles qui surveillaient leur troupeau de pierres.

Il arriva à Audierne, traversa la ville en direction du port, qu'il connaissait bien, laissa sa voiture sur le parking à côté de la halle où il n'y avait pas eu de criée à cause de la tempête. Le long du quai, les bateaux se balançaient au vent marin presque froid. Sur la jetée, une silhouette se tourna vers lui. Paul s'arrêta à quelques pas, hésita, retenu par la certitude que le temps qui les avait éloignés ne comptait plus. Une vive douleur lui oppressait la poitrine. Marie avait maigri. Son visage avait perdu ses courbes pour devenir plus anguleux, comme le visage des gens qui ont beaucoup souffert. Incapable de faire un pas de plus vers celle qui avait été sa compagne pendant dix années, Paul tremblait, ses jambes flageolaient. Un volcan venait d'exploser en lui et la lave qui coulait dans ses membres étouffa ses pensées.

Marie s'approcha de lui, ouvrit la bouche sans réussir à prononcer un seul mot. Elle le fixait droit dans les yeux, comme pour percer cette carapace qui l'emprisonnait. Elle eut envie de faire demi-tour, de courir très loin de ce pantin qui avait l'apparence de Paul Benalec, marin pêcheur à Concarneau. Autrefois, il ne baissait jamais la tête, c'était un frondeur qui n'hésitait pas à montrer les poings. C'était aussi un homme libre, indépendant. Sa honte avait fait de lui cette caricature de religieux, mais n'avait-il pas d'autres solutions pour rendre acceptable sa survie ?

Il tendit la main vers la jeune femme qui recula d'un pas, comme si elle redoutait ce contact hors nature. Elle eut un mouvement de tête incrédule et murmura encore :

— Je t'aimerai toute ma vie et voilà ce que tu as fait : en me trahissant, tu m'as tuée. Je suis une morte vivante. C'est ça qu'Il a voulu, ton Dieu ?

Il la fixa intensément, puis il baissa les yeux vers le sol.

— D'ailleurs, tu es mort, la croix épinglée sur ton veston prouve que tu as réussi ton suicide.

— Je suis indigne de toi, indigne de vivre !

— Arrête tes simagrées !

Elle tourna les talons et s'enfuit en courant. À son tour, Paul courut vers le parking. Un bateau partait à la pêche. Paul crut voir le *Fringant* et détourna la tête. Il arrivait à sa voiture quand il aperçut Marie qui le regardait de loin.

— Refais ta vie ! lui cria-t-il. Je ne suis plus que l'ombre de moi-même. Tu ne comprends pas que j'ai tué trois personnes ?

Un couple de promeneurs tourna la tête vers lui. Il monta dans sa voiture et partit en trombe, comme pour fuir sa propre image. Il n'avait pas envie de rentrer à Sabrenat et roula longtemps au hasard des routes secondaires. Fuir encore et toujours pour ne pas avoir à se regarder. N'était-il pas un imposteur ? À d'autres époques, quand l'Église ne manquait pas cruellement de prêtres, son ordination aurait sûrement été différée. Comme chaque fois qu'il butait contre la paroi invisible de ses doutes, il se réfugia dans une prière qu'il récita machinalement. Les mots n'avaient pas d'importance, seule la musique connue des phrases emplissait son esprit. En même temps, tout au fond de lui, il avait la conviction de choisir la facilité de l'inexistence. Ce n'était pas ça, vivre sa foi.

Les litanies récitées mécaniquement le tranquillisèrent un moment. Il rentra à Sabrenat à la vitesse d'un vieillard qui s'obstine à prendre sa voiture. En arrivant au village, il fut étonné de voir la place envahie de gens qui parlaient avec animation. Le fourgon de gendarmerie était garé devant le bistrot, les portes arrière ouvertes. Quelques instants plus tard, un groupe de trois gendarmes arriva, encadrant deux hommes. La foule se mit à protester, des poings se levèrent. Benalec demanda :

— Que se passe-t-il ?

— Ce qui se passe ? On accuse Éric Laroch et André Michaud d'être les meurtriers de ce M. Legyère. C'est quand même un comble !

Les gens protestaient. Une femme s'écria :

— On arrête nos jeunes qui ont le courage de partir en mer par tous les temps parce qu'ils n'arrivent pas toujours à payer les traites de leur bateau. Mais où va-t-on ? Ici, les gens sont honnêtes !

— On n'arrête personne, rectifia un gendarme debout près des portes ouvertes. On emmène ces deux hommes pour vérifier leur emploi du temps.

— C'est déjà douter de leur innocence ! hurla Jérôme Neyrec, le cousin d'André Michaud.

Les enfants s'étaient rassemblés au premier rang et ne perdaient rien de cette scène hors du commun qu'ils n'oublieraient jamais : un crime à Sabrenat. C'était impensable, même si la victime était M. Legyère. Impensable aussi que l'un des deux pêcheurs arrêtés puisse être le meurtrier.

Sans tenir compte des protestations, les gendarmes forcèrent les deux hommes à monter dans leur fourgonnette et s'en allèrent sous les huées. Un gamin se détacha alors du groupe et courut derrière le véhicule en hurlant :

— Sales flics ! Assassins ! Croque-morts !

Marthe, qui s'était mêlée à la foule, intervint :

— Amaury, qu'est-ce qui te prend ?

— Assassins ! hurla encore l'enfant en retournant vers sa grand-mère.

Amaury n'était pas très grand pour son âge, maigre, les yeux pleins d'une lumière rebelle, les cheveux en broussaille. Son visage à la peau très blanche exprimait une haine profonde qui déformait sa bouche et plissait son nez comme un petit chien qui s'apprête à mordre.

— Je déteste les flics, je les tuerai tous !

— Voyons, tu ne peux pas parler comme ça ! dit Paul en s'approchant du gamin qui s'écarta vivement.

Amaury traversa la place à toutes jambes et disparut du côté du port. Personne n'avait vu pire garnement. Il perturbait la classe et l'institutrice le menaçait chaque jour de le mettre à la porte. Il volait les bonbons (qu'il ne mangeait pas) sur l'étalage de la supérette et le gérant lui tirait les oreilles chaque fois qu'il pouvait l'attraper. Mais il avait la rapidité d'un renard qui vient piller les poulaillers et qu'on ne réussit jamais à prendre au piège.

Les regards se tournèrent vers le curé qui était resté près de Marthe. Ils pensaient tous aux singuliers propos tenus le matin même dans leur église. Pour ces marins, on ne plaisantait pas avec les forces surnaturelles. La démesure qui les entourait leur donnait conscience de leur petitesse. Plus que les autres, ils savaient que les hommes n'avaient que rarement le dernier mot face à la nature.

— Il a une tête de loup, constata tout à coup Georges Dumas en abaissant sa casquette de marin sur ses yeux.

Le maire s'était mêlé aux groupes de curieux. Hervé Jugon l'avait averti du coup de main des gendarmes qui venaient d'emmener deux Sabrenais courageux sûrement innocents. Le maire, un petit homme assez rond, le visage sanguin, était un bon vivant. Fils de pêcheur lui-même, ce représentant de commerce restait cependant très attaché à son village. Il s'était servi de toutes ses relations pour trouver les crédits nécessaires à l'agrandissement du port de pêche, qui s'était doublé d'un port de plaisance en été. Cet homme réputé pour sa générosité et son bon sens allait régulièrement à la messe.

Il regarda le curé, détailla son visage ridé et sa cicatrice qui lui donnait l'aspect d'un baroudeur. Il mesurait la contradiction entre cette robuste silhouette et le rôle qu'on attendait de lui.

— Je ne crois pas qu'il fera de vieux os ici, dit-il. Ce n'est pas un curé comme il nous faut.

Ch 5

Quelque temps plus tard, une voiture s'arrêta sur la place où les gens commençaient lentement à se disperser par petits groupes. C'était dimanche, ils avaient le temps de palabrer, de se raconter les dernières nouvelles et les ragots. Un homme sortit du véhicule. Son blouson en cuir lui donnait une allure sportive. Il marcha vers le maire qui se demanda quel âge pouvait avoir ce bellâtre. Les cheveux mi-longs, le nez un peu fort, il ressemblait à l'un de ces chanteurs sans âge qu'on voyait à la télé. Il se présenta :

— Commissaire Alain Brunet. Je voudrais vous parler, M. Jugon, vous qui tenez le bistrot où tout se dit et ne s'oublie pas forcément.

Le commissaire Brunet ne faisait pas sérieux ; sa manière de s'habiller, de mastiquer un chewing-gum montraient qu'il cherchait à paraître plus jeune qu'il n'était. Juliette Usellat en conclut qu'il se faisait teindre les cheveux. Il avait l'apparence d'un gigolo et surtout pas celle d'un policier efficace ! Beaucoup voyaient là un pied de nez destiné à les tourner en dérision. L'administration urbaine ne leur avait-elle pas envoyé le moins compétent de ses policiers pour ne jamais découvrir le véritable assassin et laisser condamner des innocents ?

Alain Brunet suivit Hervé Jugon dans son bistrot où Mélanie, sa femme, servait les habitués. Les curieux se pressaient à la porte mais n'osaient pas entrer. Jugon alla se placer là où il se tenait d'habitude et où il se sentait à l'aise, derrière le comptoir, puis proposa quelque chose à boire au policier, qui refusa. Le commissaire s'accouda sur la planche de chêne polie par des milliers de coudes et demanda :

— Éric Laroch et André Michaud sont beaux-frères, n'est-ce pas ? Ils ont épousé les sœurs Rameau, je crois…

— C'est vrai, répondit Jugon, renfrogné, mais je ne vois pas pourquoi vous me demandez cela, tout le monde le sait, ici.

— Pour en arriver au motif présumé du crime. On m'a dit que M. Legyère venait souvent à Sabrenat et qu'il lui arrivait de louer une chambre pour plusieurs jours.

— Je ne peux pas dire le contraire.

— On m'a dit aussi qu'il recevait discrètement une des femmes du pays pendant que son mari était en mer. L'épouse d'Éric Laroch, une certaine Mathilde Rameau.

— Je n'en sais rien, je ne surveille pas mes clients. D'ailleurs, les pensionnaires sortent et entrent par une porte qui donne sur la rue Basse. Ils ne passent pas dans le bistrot, donc je ne vois rien.

— Faites bien attention, le menaça le policier en fixant le cafetier d'un regard tout à coup menaçant. Si vous ne me dites pas tout ce que vous savez, vous risquez d'être poursuivi pour complicité.

Jugon hésita un instant puis, inspirant profondément, persista :

— Je n'en sais rien. Mes clients entrent et sortent sans me demander la permission. Je vous le répète, ils ont la clef et je ne m'occupe pas d'eux.

— Très bien, conclut le policier en boutonnant son blouson.

Il allait sortir quand Mme Jugon, une grosse femme au pas lourd et au large visage auréolé de cheveux permanentés, l'appela.

— Monsieur le commissaire, je peux vous le dire puisque c'est moi qui fais les chambres. La Mathilde venait ici. En se cachant, bien sûr, mais elle venait. Seulement, il ne faut pas dire que je vous ai parlé. Ici, tout le monde est au courant, sauf ce pauvre Éric. Mais vous savez bien, c'est toujours l'intéressé qui est le dernier informé.

— Je vous remercie, dit le commissaire Brunet.

Sans rien ajouter, il sortit du bistrot, traversa la place et se dirigea vers le presbytère sous les regards des curieux qui restaient à l'affût. Que le policier aille voir le nouveau curé avait une signification précise pour Georges Dumas, qui avait lui-même fait son enquête.

— Lui aussi connaissait Legyère, et lui aussi lui avait emprunté de l'argent pour armer son bateau. On ne sait pas ce qui s'est passé entre eux…

Brunet frappa à la porte de la vieille maison et attendit. Des pas dans l'escalier l'avertirent qu'on venait lui ouvrir. Il se trouva alors en face de Paul Benalec, et fut surpris par la carrure du curé. Habitué à dissimuler ses impressions, le commissaire le salua sans ciller et lui montra sa carte de police. Benalec l'invita à le suivre dans son bureau. Il s'excusa du désordre. N'étant arrivé que la veille, il n'avait pas eu le temps de ranger ses affaires.

— Monsieur le curé, je crois que vous connaissiez la victime.

— Tous les marins bretons connaissent Maurice Legyère.

— Vous-même aviez eu affaire à lui lorsque vous étiez pêcheur à Concarneau ?

— En effet, répondit le curé. Mais c'était dans une autre vie, qui n'a aucune relation avec ce que je suis désormais.

— D'accord, poursuivit le policier en gardant la tête baissée, comme s'il se concentrait sur les questions qu'il allait poser. Que le crime se soit produit le jour même de votre arrivée n'est que pure coïncidence, pourtant, on peut se demander ce que venait faire M. Legyère ici.

Ce n'était pas une question. Il avait parlé comme s'il réfléchissait à haute voix.

— M. Legyère savait qu'on m'avait nommé ici. Je préfère vous le dire tout de suite afin que vous ne l'appreniez pas autrement. Il se trouve que je lui ai écrit une semaine avant de quitter le monastère de Sept-Fons. Et je lui ai téléphoné il y a trois jours pour régler la question des assurances au sujet de la perte de mon bateau.

— Vous voulez dire que vous lui deviez de l'argent ?

— Non, c'est le contraire. Je lui avais donné une procuration pour qu'il puisse toucher le remboursement des assurances. Il me devait une partie de la somme et je souhaitais faire don de cet argent aux veuves de mes deux matelots.

Il pensait notamment à Pétronille, venue la veille lui annoncer la mort de Legyère. Il ne pouvait pas en parler, pourtant, comme le commissaire s'apprêtait à prendre congé, il ajouta :

— Peut-être que les deux pêcheurs que vous avez arrêtés sont innocents. Beaucoup de gens en voulaient à Legyère. Cet homme avait des méthodes peu généreuses quand il faisait crédit à ses clients.

— Je sais tout cela.

Le policier n'insista pas et prit congé. Paul se sentit tout à coup à l'étroit dans ce presbytère où il mesurait toute la difficulté de son rôle. Il sortit à son tour, traversa la place en saluant les gens qui lui répondirent évasivement. Il se dirigea à pied vers la campagne, tournant le dos au large. Le vent était encore assez fort mais n'avait pas ces épines acérées qui précèdent les rafales d'une tempête. Paul regardait distraitement les ajoncs renversés, comme écrasés par la main invisible de l'océan. Des vaches paissaient tranquillement dans une prairie en pente que le soleil colorait par moments.

L'image de Marie debout face à lui le hantait. Sa décision de changer de vie n'était-elle pas le pire des méfaits ?

L'appel de Dieu lui semblait pervers. Il avait beau se dire que la volonté divine ne se contestait pas, les incohérences de sa vocation le laissaient comme un mendiant au bord du chemin tendant la main à tous les passants. Il avait eu la tentation de rester à Sept-Fons jusqu'à son dernier jour, de vivre ainsi coupé du monde, loin de ceux qu'il avait laissés hors des murs du monastère, d'oublier ses contradictions. Et c'était cette ultime lâcheté qui l'avait poussé à devenir prêtre. Avait-il eu raison ?

Il marchait, dans cet état de méditation où les pensées n'ont pas besoin d'être formulées pour blesser celui qui les porte. Il suivait un de ces sentiers dont on se demande à quoi ils servent car on n'y croise jamais personne. Un cri l'arrêta, puis il aperçut la silhouette d'un gamin qui courait avec un lance-pierre à la main. Amaury arriva à la hauteur du curé et s'arrêta net, sur la défensive. Paul sourit au garçon qui, rassuré, le dépassa en réfrénant ses pas. Il tenait toujours son lance-pierre à la main droite quand son regard se porta sur la branche d'un chêne rabougri où s'était posé un merle. L'enfant se terra au sol, sortit de sa poche des petits cailloux qu'il plaça dans la catapulte de son arme. Il tendit les élastiques, visa. Les graviers partirent en gerbe. Touché, le merle ouvrit les ailes et tomba au sol. Quelques plumes flottaient dans l'air en tourbillonnant. Amaury se précipita vers l'oiseau, qui n'était pas mort. Quand il le saisit, l'animal se mit à pousser des cris stridents. L'enfant se tourna vers le curé et se mit à rire.

— Il a peur de ce qui va lui arriver ! s'exclama-t-il.

— Laisse-le donc s'en aller. Il veut vivre, lui aussi, dit Paul sur un ton de reproche.

— Pas question, répliqua l'enfant en serrant le petit corps de toutes ses forces dans ses mains déjà robustes.

Paul voulut lui faire lâcher sa proie, mais Amaury, leste comme un cabri, lui échappa. Le garnement regardait avec délectation sa victime qui ouvrait le bec. La tête de l'oiseau commença par dodeliner puis tomba sur le côté. Amaury poussa un cri de joie.

— Ça y est, dit-il, triomphant, tout en défiant le curé. Il est crevé !

Il observa un instant le corps inerte et encore chaud, puis le jeta dans la haie.

— Mais enfin, pourquoi tu l'as tué ? Il ne t'avait rien fait.

— Parce que je veux tuer tous les oiseaux de la terre. Et les hommes aussi !

Paul s'approcha de l'enfant qui le toisa. Amaury avait un regard cruel, plein d'une lumière qui cachait le sens des pensées.

— Et de faire du mal aux petits animaux, ça te rend heureux ?

— Oui, très heureux, ricana le gamin. J'aime tuer.

— Je ne te crois pas. Je pense que tu fais du mal parce que tu es malheureux.

— Sûrement pas, se moqua l'enfant. Je suis très heureux et je vous déteste !

Amaury courut jusqu'à un endroit où l'herbe était dégagée, puis se tourna vers Paul.

— Moi, je suis un grand chasseur.

Il poussa une sorte de rugissement et revint vers le curé, s'arrêtant à quelques pas pour se réserver une possibilité de fuite.

— Ta grand-mère se fait beaucoup de soucis pour toi, dit Paul Benalec.

— Et alors ? crâna l'enfant. Je m'en fous !

— Tu viendras me voir au presbytère. J'ai peut-être quelque chose pour toi.

Le regard du gamin s'alluma, plein de curiosité.

— C'est quoi ?

— Tu verras.

— Je vous avertis, menaça Amaury, j'espère que c'est pas des bonbons, parce que j'aime pas les bonbons. Par contre, si c'est un jeu pour mon ordi...

— Tu verras.

Amaury partit à toutes jambes. Paul Benalec rentra au village, qui avait enfin retrouvé son calme. La place était de nouveau livrée aux footballeurs en herbe qui poussaient des cris aigus. Au presbytère, Paul s'agenouilla au pied du crucifix, se prit la tête dans les mains, ferma les yeux un long moment, se dressa, puis regarda le plafond comme pour percer les intentions divines. Il sortit de nouveau, incapable de rester dans cet intérieur où il ne se sentait pas à sa place. Il monta dans sa voiture, quitta le village sous les regards des curieux qui se demandaient ce que cherchait ce curé toujours en vadrouille. Tous attendaient des nouvelles des deux Sabrenais arrêtés, et ils ne pouvaient s'empêcher de s'interroger sur les allées et venues de Benalec et l'intervention de la gendarmerie. Tout le monde savait qu'Éric Laroch avait une bonne raison de tuer Legyère. Sa femme, que la rumeur accusait à raison, s'était enfermée chez elle et ne répondait pas au téléphone. Était-ce un aveu ?

ch 6

Paul Benalec emprunta les petites routes en direction de Quimper. Il obéissait à une pulsion, une volonté extérieure qui le poussait à se rapprocher d'une personne dont il avait brisé la vie. Il arriva dans les faubourgs de la ville qui avait beaucoup changé en quelques années, parcourut des rues qu'il connaissait bien, le quartier de ses jeunes années. Il passa devant l'école publique où il avait appris à lire, puis le collège, et enfin le lycée qu'il avait quitté en fin de première. Le départ de son père l'avait beaucoup affecté et on avait imputé à l'époque son échec scolaire à cet abandon.

Il s'arrêta devant une petite maison récente située dans un quartier peuplé surtout de retraités et de gens sans histoire. La maison n'avait pas changé. C'était le même pavillon de son enfance, couvert de tuiles rouges. Le lierre avait poussé le long des murs crépis et personne n'avait pensé à le couper. Paul poussa le portail toujours ouvert, suivit une allée bordée de rosiers nains dont les dernières fleurs de la saison se fanaient. Un rideau bougea derrière la fenêtre. Un visage de vieille femme apparut, puis s'estompa. Paul monta les trois marches du perron et frappa. La porte s'ouvrit. Sans un mot, il prit sa mère dans ses bras et la garda un long moment serrée contre lui, comme si elle avait été une petite fille, quelqu'un de très fragile qu'il souhaitait protéger.

Odile Benalec se dégagea vivement de l'étreinte et regarda son fils bien dans les yeux.

— Qu'est-ce que tu fais là ? murmura-t-elle. Je ne t'attendais pas.

Ils ne s'étaient pas vus depuis six longues années, depuis la cérémonie à Concarneau pour la disparition des trois matelots du *Fringant.* D'un regard dur, elle examina la silhouette de son fils et la croix épinglée au revers de sa veste qui moulait ses épaules de travailleur de la mer. Son costume austère le séparait des autres, en faisait un être indéfinissable, hors de la vie. Paul lui avait écrit une fois pendant sa retraite, mais comme Marie, Odile n'avait pas répondu. Son caractère trempé que les difficultés de la vie avaient rendu sec et tranchant ne cédait à aucune faiblesse.

— Ta place n'est plus ici ! dit-elle d'une voix qui se voulait neutre, se tournant comme pour s'éloigner.

— Ma petite maman…

— Tu as fait ton choix, alors maintenant laisse-moi tranquille.

— Il faut que je te parle.

— Je sais ! Tu as probablement de bonnes raisons. Mais ce serait trop simple. Ton frère n'est plus là !

Sa mère lui avait rendu visite à l'hôpital de Concarneau après le naufrage. Odile, qui pleurait Alexandre dont on n'avait pas retrouvé le corps, lui avait dit alors : « Jamais je ne te pardonnerai. » Son état de prêtre ne changeait rien, au contraire, il aggravait le ressentiment de la vieille femme !

— Cette chose ! ajouta Odile en désignant la croix. Franchement… Je me demande comment tu oses porter ça ! Ils savent, tes paroissiens, que tu as tué trois personnes dont ton jeune frère ?

— J'aurais préféré être avec ceux qui ne sont plus là, répliqua Paul. Tout serait plus simple.

— C'est vrai, tout serait plus simple pour toi !

Paul ne savait quoi répliquer. Il poussa un soupir qui montrait sa confusion. Odile en profita :

— Marie est venue me voir, ajouta-t-elle. La pauvre !

Odile était intelligente. Restée seule après le départ de son mari, elle avait fait tourner la petite conserverie qu'elle avait hérité de ses parents. Son sens des affaires lui avait permis de réussir là où d'autres auraient mis la clef sous la porte. Mais la mort d'Alexandre l'avait terrassée. Elle avait vendu son usine pour se replier dans une banale retraite.

Les voisins, plantés devant leur porte, regardaient dans la direction de Paul et devaient se questionner sur le retour de ce fils aîné qu'on avait dit enfermé dans un monastère.

— Entre, inutile de s'exposer, dit sèchement Odile.

Paul pénétra dans la petite cuisine qui n'avait pas changé depuis son enfance. Il regarda les chaises, la place de son père, restée vide en bout de table près de la commode, celle de son frère, à droite, et celle de sa mère, juste à côté. Lui mangeait en face de son père. Félix s'était contenté d'une position secondaire dans l'entreprise de sa femme. C'était un homme fantasque qui passait ses soirées à lire des livres d'aventures maritimes. Sa vraie vie était là, dans ses lectures. Il aurait voulu naître au temps des grandes explorations. On le disait un peu fou, porté sur la bouteille, capable de grandes envolées lyriques, et surtout incompétent. Un soir, Odile avait trouvé une lettre. Félix annonçait qu'il la quittait pour rejoindre les hommes de ses rêves, ses frères du bout du monde. On crut à une lubie de plus. Il allait faire demi-tour à la première difficulté. Mais il ne revint pas. Elle le fit chercher, les gendarmeries et les polices de la région ne trouvèrent rien. Sa disparition ne fut jamais élucidée.

— J'ai expliqué à Marie que tu étais comme ton père, un fugueur. N'ayant pas le courage de te supprimer, tu as fui la vie et tu t'es réfugié dans la religion. Cela aurait pu être autre chose, tu aurais toujours trouvé le moyen de fuir. Tu n'es rien, surtout pas un homme !

Odile avait appuyé sur le dernier mot. Marie, comme elle, avait eu le tort d'aimer un maudit Benalec, un égoïste qui ne faisait aucun effort pour les autres.

— Ton ordination, c'est quoi ? demanda encore Odile en se plantant devant la chaise, comme elle le faisait autrefois pour parler à Félix.

— Je suis désormais prêtre. Je suis mon chemin. L'appel de Dieu au lendemain du naufrage m'a poussé dans cette voie.

— C'est ça, se moqua Odile. Si tu avais été un homme, si tu avais eu une once de courage, tu aurais employé toute ton énergie pour aider ceux que tu avais plongés dans le malheur. Au lieu de ça, tu as fui...

Odile avait les cheveux courts, très blancs, qui faisaient ressortir son visage peu ridé et resté jeune. Elle braqua ses yeux clairs sur Paul, qui semblait aussi vieux qu'elle à cet instant.

— Franchement, je n'ai plus envie de te voir, ni de te parler. Maintenant, pars.

C'était dit sur le ton du reproche. Paul garda la tête baissée, fixant les fleurs rouges de la nappe cirée. Enfin, il tourna vers sa mère un regard triste, ouvrit la bouche comme s'il voulait répliquer, mais, ne trouvant pas les mots, se contenta de murmurer :

— Je ne pouvais pas faire autrement.

— Mais enfin, s'emporta Odile. Réfléchis un instant. Je ne crois pas en ta vocation !

C'était dit, clair et net. Paul accusa le coup, mais il avait mal. Le doute ne l'avait pas quitté et le rongeait comme une multitude de fourmis.

— Ton père est peut-être devenu moine ! Vous feriez

une belle paire ! Peut-être est-il mort dans quelque fossé, comme un chien errant !

Ne trouvant rien à répondre, Paul baissait la tête, comme au temps où il ramenait une mauvaise note. Il sortit sans un mot, monta dans sa voiture, plus perdu que jamais. Il s'éloigna, ignorant Odile qui était sortie devant sa porte. Hors de la ville, il s'arrêta sur le bord de la route, sortit son portable de sa poche, hésita un long moment avant de composer un numéro. La belle voix un peu onctueuse du père Léhran, son directeur de conscience à Sept-Fons, le surprit par sa soudaineté à répondre.

— C'est Paul, dit-il. J'ai besoin de te parler.

— Eh bien, parle.

— Je ne sais plus où j'en suis. Mon ancienne vie me rattrape, m'accroche comme un roncier. Je viens de chez ma mère qui m'a rejeté.

Il y eut un court silence. Paul avait la respiration rapide d'un animal aux abois.

— Je ne peux rien pour toi, Paul, répondit le moine. Tu dois faire le ménage tout seul. Je te connais et je sais que tu es un homme de bien. Tu as voulu être prêtre, je t'avais conseillé d'attendre, tu n'as pas voulu m'écouter. À toi d'être digne de l'idée que tu te fais de toi-même !

Paul rangea son téléphone, puis reprit la route. Au bout de quelques kilomètres, il fit demi-tour en direction de Concarneau, s'arrêta près d'un immeuble. Il gravit l'escalier jusqu'au deuxième étage, hésita un long moment avant d'appuyer sur la sonnette. Avait-il raison ? Sa démarche n'était-elle pas encore un acte de lâcheté ? Ne cherchait-il pas à se faire plaindre ? Les battements saccadés de son cœur lui faisaient mal. Quelque chose le poussait à s'en aller ; pourtant, son index appuya sur le bouton blanc. Une sonnerie retentit à l'intérieur. La porte s'ouvrit. Marie fut tellement surprise qu'elle laissa échapper le livre qu'elle tenait à la main.

— Mais qu'est-ce que tu fais là ? bredouilla-t-elle.

Que lui répondre ? Il parla, conscient de la banalité de ses propos.

— J'avais besoin de te voir.

— Pas moi, je n'ai plus rien à te dire.

Marie eut un geste comme pour fermer vivement la porte, puis elle se ravisa :

— Entre.

Il fit un pas dans l'appartement où il avait vécu pendant dix ans. Marie avait déplacé les meubles, remplacé le canapé et les fauteuils. Paul se sentit étranger dans cet intérieur où toutes les traces de son passage avaient été effacées. Il resta debout, n'osant pas s'approcher de la jeune femme qui le fixait avec un visage sévère. Il redevenait un homme. Ses belles résolutions, son sacrifice n'avaient plus de sens. Il restait là, les bras légèrement écartés, les mains ouvertes sur un geste arrêté, perdu.

— Je ne pourrai pas m'habituer, dit-elle. Tu ressembles à un revenant, quelqu'un sorti d'un tombeau pour torturer les vivants.

Il ne sut que répondre. Il se perdait dans le regard franc et sincère de cette petite femme qui ressemblait un peu à sa mère. Dans ses yeux bleus cerclés d'or.

— Je suis mort, en effet, mais je ne suis pas là pour torturer les gens, je suis là pour les écouter, les conseiller, pour les aider à être heureux. Et le chemin n'est pas facile, martela-t-il comme pour se convaincre lui-même. Ma propre personne n'a plus d'intérêt.

Le visage de Marie se contracta, prit une expression d'attaque, de panthère qui s'apprête à mordre.

— C'est bien ça, tu te punis, tu te flagelles parce que tu as conscience d'avoir commis une faute. Tu tournes le dos à la vie parce que tu ne supportes pas d'être vivant quand tes compagnons sont morts ! Et parce que tu as peur d'affronter tes remords. Tu entraînes ceux qui t'aiment dans ta déchéance. Comment un gaillard aux épaules aussi larges peut-il être plus faible qu'un tout petit enfant ?

Chaque mot de Marie le transperçait comme une lame de feu.

— Je voudrais qu'on devienne amis, complices, qu'on retrouve cette belle entente qui…

— Pars, je ne veux plus te voir !

Le cri de Marie avait dû s'entendre aux étages inférieurs, et même dans la cour. Elle se jeta sur le canapé en le martelant de ses petits poings. Paul, qui ne s'attendait pas à une telle réaction, fit un pas vers elle mais n'osa pas la forcer à se relever et la prendre dans ses bras. La jeune femme pleurait maintenant.

— Comment oses-tu me parler ainsi ? Comment peux-tu être cruel à ce point, me faire autant de mal au nom du Bien ? Mais tu ne comprendras donc jamais rien à la vie ?

Il était là, paralysé, face à une Marie qui avait été tout pour lui et lui reprochait ce que justement il avait voulu éviter. Elle se dressa vivement, se jeta sur lui. Les doigts courbés, les ongles griffant sa veste, elle arracha vivement la croix et la jeta au sol.

— Désormais je suis morte moi aussi, et cette mort, tu la porteras sur ta conscience. Une de plus !

Il était vaincu, et Dieu avec lui. Il recula d'un pas, ramassa la croix, se tourna lentement vers la porte, mais renonça à quitter Marie sans lui dire un dernier mot. Marie qui pleurait, la bouche tordue, les yeux plissés d'où coulaient les larmes sur des rides nées de son désespoir.

— Marie, murmura-t-il.

— Tu n'es qu'un croque-mort !

Cette fois, il eut la force d'aller au bout de son élan. Il fit un pas vers la jeune femme et l'attira contre lui. Elle le repoussa avec vivacité.

— Ne me touche pas ! Tu pues la mort et tu me fais peur !

Il ne lâcha pas prise et la pressa contre lui. Elle finit par s'abandonner.

— Je t'aime, dit-il. Je t'aime en homme, je ne t'ai jamais menti.

Il posa un rapide baiser sur le front de la jeune femme et s'éloigna.

Deux jours plus tard, Marthe apprit à Paul qu'une pétition circulait dans la commune. Juliette Usellat, qui s'occupait du catéchisme, en était à l'origine, et la plupart des Sabrenais l'avaient signée.

— Moi, je les ai envoyés promener avec leur pétition, dit Marthe en se tournant vers le curé. Ils demandent votre remplacement parce que vos propos ne conviennent pas aux fidèles. Ils ne veulent pas que vous fassiez le catéchisme à leurs enfants et leur mettiez des idées saugrenues en tête. Ils disent que vous ne croyez pas en Dieu et aux saints, que vous avez l'intention d'enlever toutes les statues.

— Je ne sais plus, Marthe, je ne sais plus ce que je crois, je ne sais rien. Je suis un pauvre malheureux.

— Voyons, monsieur le curé, fit Marthe en tournant vers lui un regard étonné, vous ne pouvez pas parler comme ça !

— La vie n'est pas facile. Le chemin que j'ai choisi est plein d'embûches et de barrières infranchissables. Je me demande si j'ai eu raison !

Marthe, qui ne comprenait pas ce que Paul voulait dire, alla au bout de sa pensée.

— Ils ne veulent pas que vous enleviez les statues parce que ça porte malheur. Là, je suis de leur avis.

— Je trouve stupide qu'on puisse adorer un saint en plâtre, tonna Paul. Tout comme je n'admets pas qu'on vénère des reliques, des objets en tout genre. C'est ridicule de croire que ces objets peuvent porter chance ou attirer le malheur. Ce ne sont que de stupides superstitions !

— Vous avez sûrement raison, reprit Marthe, montrant par là qu'elle avait beaucoup plus de réflexion que la moyenne, mais ici, avec le métier dangereux qu'on fait, on reste attaché à la tradition.

— Rien n'est plus stupide que d'admettre des comportements, des croyances que l'on n'a pas soi-même compris.

Marthe était partie après avoir fait la vaisselle et préparé le bouillon du soir. Paul resta seul dans le silence de cette maison qui le rejetait. L'image de Marie accaparait ses pensées.

Le lendemain, vers deux heures de l'après-midi, le fourgon des gendarmes s'arrêta à nouveau sur la place. André Michaud en descendit, libre. Sa femme, qui avait été prévenue, se jeta dans ses bras et l'étreignit longuement sous le regard des curieux. Ses trois enfants embrassèrent timidement leur père. L'innocence du jeune pêcheur avait été démontrée : il ne pouvait pas avoir tué Legyère puisque à l'heure présumée du crime, avant la tempête, il se trouvait encore chez un marchand de poissons à Concarneau. Il était rentré à Sabrenat où il était allé vérifier les amarres de son bateau avec un autre pêcheur, qui avait confirmé ses dires. En revanche, Éric, son beau-frère, n'avait pas d'alibi. Absent la veille au soir et toute la nuit, il avait raconté aux policiers qu'il avait dormi dans sa voiture, mais personne ne pouvait témoigner. Il était rentré chez lui aux premières heures de l'aube, puis s'était de nouveau absenté.

Les rumeurs qui couraient à propos de sa femme avaient poussé les policiers et le commissaire Brunet à le considérer comme le suspect numéro un. Dès qu'on évoquait le sujet,

Éric devenait enragé et maudissait ceux qui tournaient autour de sa belle épouse au regard aguichant. Quand Brunet lui avait demandé ce qu'il pensait de Legyère, la réponse avait été franche et directe :

— Je le détestais. Cette ordure nous ponctionnait, mon beau-frère et moi. Un sale type qui n'a eu que ce qu'il méritait.

Éric avait la réputation de ne pas cacher ses pensées, ce qui lui avait souvent joué de mauvais tours. Sa manière excessive et radicale d'exprimer ses sentiments l'avait perdu.

— Et les relations de Legyère avec votre femme ?

Éric avait bondi tel un tigre, toutes griffes dehors. Il s'était jeté sur le policier qui lui avait posé cette question.

— Je ne veux pas qu'on en parle. Les gens disent ça, mais c'est pas vrai. Mathilde est une femme sérieuse.

— Si Legyère acceptait de repousser toujours les échéances, contrairement à ce qu'il faisait avec votre beau-frère, c'était pour quelle raison à votre avis ?

Éric s'était affaissé, vaincu par une réalité qui le détruisait.

— On l'a tué, et c'est bien fait pour lui !

Après une telle affirmation, Brunet n'eut pas de mal à obtenir des aveux circonstanciés. Pourtant, quelques contradictions avaient intrigué le policier, notamment l'endroit où était cachée l'arme du crime. Éric n'avait pas pu le préciser exactement. De plus, il restait incapable de décrire correctement le pistolet avec lequel il avait assassiné Legyère, ni l'armurerie où il se l'était procuré. Cela n'avait pourtant pas une grande importance dans l'immédiat. Le juge d'instruction était satisfait. Mais pour Alain Brunet, la véritable enquête commençait.

Paul Benalec apprit donc qu'Éric avait avoué et se demanda ce que cela signifiait. Pétronille n'avait-elle pas mis ses menaces à exécution ? Éric l'aurait-il devancé ? Marthe arriva en coup de vent.

— Monsieur le curé, c'est un grand malheur ! Amaury a encore fait des siennes !

Il suivit Marthe qui le conduisit jusque chez elle. La petite maison se trouvait sur la route d'Audierne, juste avant le cimetière. La femme entra la première et s'arrêta devant la porte de la cuisine.

— Regardez !

Paul vit alors des débris d'assiettes sur le plancher, des tiroirs cassés dont le contenu était répandu sur le sol : fourchettes, et couteaux de cuisine. Sur la table, des morceaux de plats décorés de fleurs rouges, une chaise brisée contre la pendule au bois défoncé.

— Regardez ! Je n'en peux plus !

Marthe s'assit sur un tabouret à côté de la table et posa ses coudes parmi les débris de faïence. Les larmes roulaient sur ses joues ridées.

— C'était le service de ma pauvre mère ! Il savait que j'y tenais, c'est pour me faire du mal qu'il l'a cassé !

— Que s'est-il passé ?

— Il écoute de la drôle de musique sur son ordinateur et ça le rend fou !

— Je vais lui parler, dit Paul. Où est-il ?

— Je sais pas, répondit Marthe en essuyant son visage avec un mouchoir blanc. Moi qui fais tout pour qu'il soit heureux, voilà comment il me remercie. Je crois que je vais suivre les conseils de l'assistante sociale. Je vais le placer dans une maison où il sera tenu !

— S'il agit comme ça c'est qu'il est malheureux, précisa Paul. Un enfant ne casse pas la vaisselle par plaisir. Il l'a fait pour attirer l'attention parce qu'il souffre !

— Vous en avez de bonnes, vous ! Il a tout ce qu'il veut. Tenez, pas plus tard qu'hier, l'éducateur lui a apporté un nouveau jeu pour son maudit ordinateur, ajouta Marthe. Il n'a aucune reconnaissance, jamais le moindre geste affectueux. Il est toujours en train de frapper, de casser. Il n'aime que torturer les oiseaux et faire souffrir notre vieux chat. J'ai même dû placer la pauvre bête au refuge parce qu'il aurait fini par la tuer.

Elle sanglotait, la tête basse, vaincue par un enfant de onze ans.

— Il ressemble à son père. Cette malédiction me poursuit ! Son père, je l'ai élevé comme j'ai pu parce que j'étais seule. Mon mari est mort en mer. J'ai tout fait pour lui, et vous savez comment cela s'est terminé. Amaury prend le même chemin...

— Je vous répète, Marthe, qu'Amaury est malheureux. On ne fait pas le mal par plaisir, cela je ne le croirai jamais ! Où est-il ?

— Il est parti en courant. Il a pris la direction des falaises, comme toujours.

Paul laissa Marthe et suivit le chemin de terre qui menait à la colline. L'approche de l'océan, la vue du large éveillait en lui cette peur qui ne le quittait plus depuis son retour, preuve que le marin pêcheur n'avait pas abdiqué en face du prêtre. Il franchit le sommet de la colline où le vent soufflait toujours, quand son regard fut attiré par des oiseaux qui se laissaient porter, très haut dans le ciel. Il aurait voulu être un de ces animaux pour qui la côte n'est pas une barrière et qui se tiennent hors du monde tout en le regardant de haut.

Il trouva Amaury au bord de la falaise, face au large. Le curé eut envie d'intervenir puis décida de rester un instant en retrait. Amaury s'accroupit pour observer quelque chose entre les herbes. Comme il semblait calme, Paul s'approcha.

— Bonjour, Amaury. Qu'est-ce que tu fais là ?

— J'ai pas envie de vous parler.

— Pourtant, il faut que tu m'écoutes.

— Non, répliqua l'enfant sans lever les yeux. Comme les autres, vous racontez n'importe quoi.

Paul fit un petit détour pour que le gamin ne puisse s'échapper. Celui-ci comprit sa manœuvre et se dressa, prêt à s'enfuir.

— Reste, je ne suis pas venu pour te réprimander mais pour parler avec toi.

— J'ai rien à vous dire.

— Pourtant, ta grand-mère m'a dit que tu aimais la musique…

Il tourna un regard étonné vers le curé, puis éclata d'un rire moqueur.

— La musique ? Je déteste. Pourquoi j'aimerais ça, c'est rien du tout !

— Moi, j'aime la musique. Je sais même jouer un peu de violoncelle. J'ai appris quand j'avais ton âge.

— Du violoncelle ? s'étonna le gamin. C'est quoi, ça ?

— C'est un gros violon avec un son très grave. C'est formidable ! La musique dit les choses mieux que les mots !

— Et vous en avez un, de violoncelle ? demanda Amaury, tout à coup piqué par la curiosité.

— Oui, j'en avais un, mais ma mère l'a vendu. Ce n'est pas grave, je vais t'en trouver un. Et je ferai de la musique pour toi. Tu pourras aussi apprendre à jouer si tu veux. D'ailleurs, j'ai des disques au presbytère. Je te les ferai écouter.

— J'aime pas écouter des disques… Avec mon ordi, c'est beaucoup mieux.

— Ton ordi ! Tu n'as que ce mot à la bouche. Il faut aussi regarder la réalité autrement qu'à travers un écran.

— Je comprends pas ce que vous dites, répondit le gamin, tout à coup calme.

Paul remarqua son regard changeant, les ombres qui passaient devant ses yeux, les éclats lumineux, marques d'une vie intérieure intense.

— C'est d'accord. Je vais aller chercher un violoncelle uniquement pour toi.

— C'est pas la peine. Je comprendrai pas votre musique. Je ne comprends rien à rien, tout le monde vous le dira.

— Je ne te crois pas. Au contraire, je pense que tu comprends beaucoup plus de choses que les autres !

Il avait tourné sa tête ronde. Pour la première fois, il montrait un visage qui n'était pas agressif, sans sa grimace de chaton pris au piège, ouvrant de grands yeux pleins de curiosité. Paul crut y lire comme un appel au secours.

— Tu sais, poursuivit le curé, mon père est parti de la maison alors que j'avais onze ou douze ans, à peu près ton âge. On n'a jamais su où il était allé. Il m'a beaucoup manqué.

Amaury sembla réfléchir un instant, puis demanda, adoptant un tutoiement qui plut à Paul :

— Pourquoi tu me parles de ton père ? C'est à cause du mien ?

— Non, c'est pour te dire que j'ai été un gamin, comme toi.

Amaury se leva brusquement.

— Alors si tu crois que je vais faire comme toi, que je vais devenir un curé qui joue du violoncelle, tu te trompes !

Il poussa un ricanement et partit en courant. Paul revint chez Marthe qui était en train de rassembler les débris de vaisselle.

— J'ai trouvé Amaury. Je vais m'occuper de lui.

Marthe posa son balai et se tourna vers le prêtre resté à la porte.

— Vous ne serez pas le premier à essayer, mais vous n'arriverez à rien.

Amaury arriva au même instant. Sa grand-mère s'approcha lentement, le saisit par surprise et vida sa colère sur l'enfant qui se débattait et poussait des cris stridents. Paul laissa faire. Il méritait une bonne correction, même si ce n'était pas la meilleure manière de le ramener à un comportement plus calme.

Enfin, Marthe lâcha Amaury, qui en profita pour s'enfuir. Elle resta un long moment immobile, sans force. Ne venait-elle pas de montrer son impuissance, son incapacité à s'occuper de ce petit-fils qui représentait tout ce qui lui restait de sa vie cassée en morceaux, exactement comme les plats et les assiettes répandus sur le sol ?

— Ne vous faites pas trop de soucis, Marthe, reprit Paul. Ce garçon méritait amplement la fessée que vous lui avez donnée. Il s'en remettra bien vite.

Marthe lui lança un regard désespéré. Paul rentra au presbytère. Une heure plus tard, les gens virent sa voiture manœuvrer et s'éloigner sur la route départementale.

ch 8

À Concarneau, Paul s'arrêta devant une petite maison de bordure de ville et frappa à la porte. Une fillette brune aux grands yeux noirs vint ouvrir.

— Bonjour, Macha. Ta maman est-elle là ?

Une porte grinça. Pétronille s'étonna de voir Paul et eut un mouvement de recul.

— Qu'est-ce que vous me voulez ? demanda-t-elle, enfin.

— Te voir et te parler.

— Je n'ai rien à vous dire.

— Laisse-moi entrer, si tu le permets.

Elle finit par accepter et Paul pénétra dans ce petit intérieur qui n'avait pas changé depuis plusieurs années. Il passa directement dans la salle de séjour. Une lourde table trônait au milieu de la pièce. Sur la commode, il remarqua une photo d'Antoine.

— J'ai besoin de te parler parce que Éric Laroch vient d'avouer avoir tué Legyère. Je veux connaître la vérité.

Elle eut un petit rire qui déforma son visage. Il la voyait mieux que l'autre soir, au presbytère, remarquant les rides au coin de ses yeux et un regard austère, fermé.

— J'ai fait ce que je vous ai dit. Je pensais que vous seriez accusé, mais apparemment Éric veut endosser le crime et je ne comprends pas pourquoi. Les policiers auraient dû retrouver l'arme. Elle était si mal dissimulée…

— Pétronille, tu sais que je ne trahirai jamais le secret de la confession. Mais tu comprends bien que ton stratagème n'a pas réussi. Tu voulais me faire payer ton malheur et c'est un autre qui est tombé dans ton piège.

Elle semblait accablée, regrettant d'avoir monté cette affaire qui ne devait concerner que le curé. Que s'était-il donc passé ? Pétronille se souvenait parfaitement de ce qu'elle avait fait. Legyère lui faisait la cour, elle l'avait toujours repoussé, jusqu'à ce soir de septembre où elle lui avait donné rendez-vous à Sabrenat à huit heures du soir, sur le port, dans la halle déserte à cette heure. « Laissez votre voiture assez loin du village, venez par les falaises, lui avait-elle dit au téléphone. Personne ne doit vous voir ! » Legyère s'était étonné : « Mais pourquoi à Sabrenat ? Nous pouvons nous retrouver à Quimper où personne ne vous reconnaîtra ! » Elle lui avait expliqué que ses beaux-parents habitaient à côté de Sabrenat, qu'elle y passait tous les weekends et qu'ils garderaient ses filles pendant son absence.

La jeune femme avait ainsi réussi à l'attirer là où elle souhaitait pour que le crime soit imputé à Paul Benalec. Elle l'avait attendu au bord du sentier et avait tiré deux fois sur lui, sans la moindre hésitation.

— C'était un horrible personnage, dit Pétronille. Le temps travaille contre vous. Les policiers trouveront l'arme qui vous accable. Ce n'est qu'une question de jours.

— Je te plains.

Paul sortit sans répliquer au sourire moqueur de Pétronille. Il traversa la ville et se rendit à Quimper. Le temps était clair, assez frais. Le vent marin libérait des effluves d'algues et cette perpétuelle odeur de poisson. Il arriva en ville, traversa l'Odet par le pont Neuf et arrêta son véhicule en bordure d'une rue piétonne qu'il connaissait bien. Il entra dans un magasin d'instruments de musique.

— Je voudrais louer un violoncelle, dit-il au vendeur.

Le commerçant lui présenta plusieurs instruments. Paul en choisit un rapidement, paya d'avance trois mois de location. De retour à Sabrenat, Jugon s'étonna en le voyant sortir de sa voiture un énorme étui, presque aussi grand que lui. Qu'avait encore inventé ce curé qui parlait de détrôner une partie des statues de l'église pour les empiler sous l'escalier du clocher ? Que voulait-il faire de ce gros instrument de musique ? Il y avait dans l'église un bel harmonium, cela suffisait largement pour les offices chantés !

Une fois dans son bureau, Paul sortit l'instrument de l'étui, le contempla un long moment, heureux de ce compagnon qui le ramenait à son enfance. Des pas rapides claquaient dans l'escalier. Amaury arriva, essoufflé. Il s'arrêta sur le seuil, intrigué. Puis, son visage se contracta. Paul lui sourit.

— Tu vois, c'est ça un violoncelle. C'est aussi grand que toi, avec un gros ventre, une voix très grave et en même temps très douce.

Amaury fit une horrible grimace et lança :

— C'est moche !

On sentait qu'il n'exprimait pas le fond de sa pensée. On sentait aussi une volonté de mordre, de griffer, de faire mal. Il déguerpit, descendit quatre à quatre l'escalier. La porte claqua, comme une protestation. Il traversa la place en courant, sans répondre aux moqueries de ses camarades qui jouaient autour de la fontaine.

Paul accorda le violoncelle et prit le temps de l'observer, de se remplir le regard et l'esprit de cette magnifique forme faite de creux et de pleins, de lignes à la courbe toujours agréable avec, comme pour ponctuer la douceur de l'ensemble, les quatre coins dressés, aigus juste ce qu'il fallait pour souligner l'exactitude de l'ensemble. Enfant, il s'était souvent demandé comment des hommes avaient eu l'idée d'une forme aussi parfaite, qui n'existait nulle part dans la nature, de lignes aussi nouvelles et toujours en harmonie les unes avec les autres. Un professeur lui apprit que l'instrument répondait aux proportions du nombre d'or dont l'harmonie venait de l'univers, de Dieu qui reliait les hommes par un sens inné de la perfection.

Des cris montaient de la place. Paul posa l'archet dont il avait tendu la mèche. Ce qu'il vit de la fenêtre le fit bondir. Plusieurs personnes assemblées devant le bistrot injuriaient une jeune femme qui marchait d'un pas décidé vers la fontaine.

— Putain, salope ! Comment oses-tu te montrer ?

Sans broncher, la femme traversa la place jusqu'à un groupe d'enfants. Elle leur dit quelque chose. Ils s'éloignèrent, mais, se sentant soutenus par les adultes, se mirent à lui crier des obscénités. Seule une petite fille assise sur le rebord de la vasque était restée immobile, la tête posée sur ses genoux. La jeune femme la prit par le bras et l'obligea à la suivre pendant que les autres lançaient des cailloux. Les adultes assistaient à la scène sans intervenir. Mathilde Laroch traversa de nouveau la place en tirant sa fillette qui pleurait. Les cailloux volaient autour d'elles. L'un d'eux toucha la jeune femme à la tempe. Elle trébucha, puis reprit sa marche sans un mot de protestation.

— Salope ! Qu'est-ce que tu faisais pendant que ton homme était en mer, hein ? Qu'est-ce que tu faisais avec Legyère ? cria une femme.

Un autre caillou la toucha à l'épaule. Elle y porta la main. La meute, excitée, poussa de grands rires. Un garçon d'une douzaine d'années ramassa un morceau de bois porté là par la récente tempête et le lança sur Mathilde qui le reçut en pleine face. La jeune femme se plia en deux, tangua comme un bateau sur la vague, posa un genou à terre sous les cris terrifiés de la fillette qui couvrait sa mère de son petit corps. Paul Benalec dévala vivement l'escalier et, se plaçant devant Mathilde, tonna :

— Mais qu'est-ce qui vous prend ? Vous êtes devenus complètement fous ?

Paul obligea Mathilde à se relever et se tourna de nouveau vers les gamins qui hurlaient de plus belle.

— Non seulement il ne croit pas en Dieu, mais il défend les putains ! s'écria une voix tandis que les cailloux volaient de nouveau.

— Et pendant ce temps, c'est ce pauvre Éric qu'on garde en prison, dit une autre.

Paul poussa Mathilde et la fillette vers le presbytère. Les cris arrivaient jusqu'à eux, des pierres se fracassaient contre la porte en bois. Mathilde n'eut pas la force de monter le petit escalier et s'assit sur la première marche. Du sang coulait sur sa joue droite. La gamine, horrifiée, se pressait contre sa mère en gémissant. Paul alla chercher un linge mouillé et, avec des gestes très lents et très doux, nettoya la joue de la jeune femme, qui se laissa faire. La blessure n'était qu'une égratignure sans gravité ; pourtant, elle était lourde d'un sens qui avait anéanti Mathilde.

— Venez ! dit Paul en l'aidant à se mettre debout.

Ses jambes flageolaient. Paul dut l'aider à monter les six marches. Il la conduisit dans son bureau et la fit asseoir sur un fauteuil, juste à côté du violoncelle. Les agresseurs s'étaient approchés du presbytère et criaient encore.

— Putain du diable ! On t'aura, on te fera ta fête ! Ce pauvre Éric paie pour toi !

Mathilde fit une grimace et leva les mains à ses tempes pour se boucher les oreilles. La petite fille était assise aux pieds de sa mère, comme un animal fidèle qui partage le sort de son maître. Ses cheveux raides tombaient sur ses épaules et roulaient en mèches sur son petit visage contracté par la peur. Elle entrouvrait la bouche et montrait des dents de lait déjà gâtées.

— J'ai vu les autres frapper Pauline, dit Mathilde d'une voix hâchée, alors je suis allée la chercher.

Elle poussa un gros soupir qui abaissa ses épaules et sembla la vider de sa vie. C'était une belle blonde au visage rond, aux lèvres épaisses, à la poitrine avantageuse. Elle avait quelque chose d'aguichant avec ses cheveux bouclés qui bougeaient dans un désordre gracieux. Elle leva un regard résigné vers le prêtre, puis haussa de nouveau les épaules.

— Et vous, vous ne me faites pas la morale ?

Paul secoua la tête.

— Comment le pourrais-je, et de quel droit ? J'accueille ceux qui sont dans la détresse, même les criminels. Le jugement des hommes n'est rien, seul le jugement de Dieu est vérité.

— Dieu ? fit-elle, interrogative. Les gens disent que vous n'y croyez pas.

— Eh bien soit, je ne crois pas en un Dieu méchant et vengeur, je ne crois pas en un Dieu qui exprime sa colère contre les hommes par des catastrophes, je ne crois pas en un Dieu qui a pris une côte à Adam pour créer Ève, faisant de la femme un sous-produit de l'homme. Non je ne crois pas en ce Dieu qui se comporte comme le pire des hommes pour arranger les puissants. Non, je ne crois pas en un Dieu qui impose des règles de vie stupides héritées des temps anciens. Ça, vous pouvez en être certaine. Je crois au contraire en un Dieu qui est amour, qui est le sens de l'Univers, tourné vers le bonheur de tous. Oui, je lutterai toute ma vie contre la souffrance, et jamais je ne me permettrai de juger quelqu'un, même le pire d'entre nous.

Timidement, la fillette s'était approchée du violoncelle qu'elle regardait avec curiosité.

— Pauline, ne touche pas…

Pauline revint près de sa mère, sans pourtant quitter des yeux l'instrument de musique qui la fascinait. Mathilde tourna vers le curé un visage qui avait retrouvé sa confiance.

— Alors, je peux vous parler franchement ?

— Vous pouvez me dire tout ce que vous voudrez si cela vous fait du bien. Pas un de vos propos ne sortira d'ici.

— Même si le commissaire de police vous le demande ?

— Vous avez ma parole. Je suis prêtre, et si je répétais une seule fois ce qu'on m'a confié, je ne serais plus digne de la confiance des autres. Ici, on peut tout dire avec l'assurance de ne pas être condamné.

Elle hésita un instant, puis leva une nouvelle fois son visage vers Paul, dévoilant des yeux suppliants d'où s'échappaient deux larmes qui se perdirent dans les griffures de la pierre.

— Éric doit beaucoup d'argent à M. Legyère. Alors, bien sûr…

Elle éclata en sanglots. La fillette se pressa contre elle, la serrant très fort de ses petits bras.

— M. Legyère était un beau parleur et tellement riche. Il devait me donner un collier en perles naturelles et un gros diamant. Il m'avait dit qu'il épongerait une partie de la dette d'Éric. Il m'avait tant promis…

— La justice fera son travail. Sachez que vous pourrez toujours compter sur moi.

Elle se leva et se tourna vers la fenêtre.

— Je les comprends, dit-elle. Ils aiment beaucoup Éric, il est si gentil. Vous croyez qu'il est capable de tuer quelqu'un ? Même s'il a appris que…

— Je ne sais pas. Je ne connais pas votre mari. Quoi qu'il en soit, sachez qu'il existe toujours une solution à tout et que cette solution se trouve du côté de l'amour, de la générosité, mais pas du ressentiment !

Il avait beau jeu de parler comme ça, Paul Benalec, incapable de faire le tri dans sa propre vie. Pourtant, il y trouvait un certain réconfort. Le prêtre oubliait son état d'homme pour apporter le réconfort à ceux qui en avaient besoin.

Mathilde prit la main de sa fille et se dirigea vers la porte. Paul les accompagna. La nuit tombait sur la place déserte. Au bistrot, la lumière éclairait à travers la porte vitrée des silhouettes accoudées au comptoir. Le vent s'était levé en hauteur et soufflait de plus en plus fort. Paul comprit qu'il n'y aurait pas de nouvelle tempête.

— Bon, dit Mathilde, je dois rentrer chez moi. Même si je vais avoir peur.

— Vous pouvez rester ici le temps que vous voulez.

— Non, répondit-elle en sortant du presbytère. Ce serait leur donner raison.

Ch 9

Tous les jours, vers huit heures trente du matin, les enfants se retrouvaient sur la place avant de se rendre à l'école. Les premiers attendaient leurs camarades près de la fontaine en bavardant, leur gros sac sur le dos. Souvent, les plus impatients partaient devant jusqu'à la « mairie-école » située en contrebas, au milieu d'une rue qui descendait vers les prairies de Mornic où paissaient des troupeaux de moutons dont les agneaux se vendaient toujours un bon prix. L'iode et le sel marin donnaient à leur chair une qualité particulièrement appréciée dans les grands restaurants.

La petite voiture du commissaire Brunet s'arrêta à côté du bistrot. Raoul Lubin, le boucher charcutier, se planta devant la porte ouverte de son magasin, un couteau à la main. La boulangère colla sa figure contre sa vitrine. Du bistrot où il prenait son premier verre, le facteur Angelo Mourasi, fils de maçon italien émigré dans ce bout du monde, endossa sa besace et sortit pour aller aux nouvelles. Hervé Jugon espérait que le policier viendrait chez lui et le gratifierait d'une révélation de dernière minute. Aussitôt, des curieux se dirigèrent vers le café tabac, qui faisait également office de restaurant pour les gens de passage.

— Monsieur le commissaire, commença Jugon en passant derrière son comptoir, qu'est-ce que je vous offre ?

89

— Un café, dit le commissaire en frissonnant car l'air était frais.

Jugon servit le café en ne quittant pas le policier des yeux. Il s'attendait à ce qu'il parle, mais l'autre, au contraire, se taisait. Il se contentait de regarder autour de lui, comme s'il cherchait un détail dans cette pièce commune où se succédaient la plupart des Sabrenais, un indice qui le conduirait vers la vérité. Comme il ne desserrait pas les dents, le facteur demanda :

— Alors, les nouvelles sont-elles bonnes ?

Brunet tourna vers Mourasi un regard pensif. Le préposé en profita pour examiner attentivement son visage et fut convaincu, comme le disait Juliette Usellat, qu'il s'était fait enlever les rides, ce qui lui donnait un aspect bizarre, artificiel, comme s'il portait un masque.

— Je ne sais pas si ce sont de bonnes nouvelles, dit-il.

Brunet n'allait pas au bout de sa pensée. En réalité, l'affaire de Sabrenat le laissait perplexe. Tout allait dans le sens de l'aveu d'Éric Laroch, mais le policier doutait. Laroch s'était beaucoup contredit. L'imprécision de ses affirmations impliquait une enquête plus rigoureuse.

Le facteur se fit verser un verre de vin blanc qu'il porta à ses lèvres sans quitter le commissaire des yeux. Jugon se lança :

— Les gens sont remontés. Éric Laroch est un bon gars que tout le monde apprécie.

— Mais sa femme ne vaut pas bien cher, poursuivit Angelo Mourasi. D'ailleurs, elle n'est pas d'ici, tout comme sa sœur. Leur père est mareyeur du côté de Brest. André Michaud a épousé Arlette. Sa sœur est venue habiter ici et a fait de l'œil à Éric. Il faut dire que c'est une sacrée pimbêche, la Mathilde.

Brunet tourna un regard interrogateur vers le préposé.

— Qu'est-ce que vous voulez dire ?

— Ce n'est un secret pour personne. La Mathilde aime l'argent et ce qui brille, vous me comprenez… Or le pauvre

Éric, avec son bateau tout neuf, le *Sémillant* qu'il a acheté l'année dernière, avait juste de quoi payer ses dettes. Mais la belle aime se montrer et faire la dame !

Le commissaire posa sa tasse de café, sortit une pièce de sa poche et la fit rouler sur le comptoir.

— Laissez, dit Jugon en tendant la main, c'est pour moi.

— Il n'en est pas question, répliqua Brunet qui se dirigea vers la porte sans ramasser sa pièce. Au fait, demanda-t-il encore, comment ça se passe avec le nouveau curé ?

Jugon fit une grimace car il n'aimait pas jouer les délateurs et ne répétait jamais ce qu'il entendait dans son bistrot. Mais il se crut obligé de préciser :

— Pas très bien. Une pétition circule pour demander à l'évêque de le remplacer. Il a une manière de parler qui ne plaît pas aux gens.

— Qu'insinuez-vous ? Pourquoi sa manière de parler serait-elle mauvaise ?

— Parce qu'il dit des choses pas convenables. Il veut supprimer les statues et il dit que Dieu n'a pas de visage, qu'il ne faut pas prendre à la lettre ce que dit la Bible. Les gens pensent qu'il n'est pas croyant.

— Pour un curé, sourit Brunet, c'est un comble.

Il sortit, traversa la place, s'arrêta un instant devant le presbytère, puis se décida à aller faire une visite à Benalec. Une puissante musique arrivait jusqu'à lui. Il s'arrêta à la porte pour écouter les notes graves d'une mélodie provenant du bureau. La musique s'arrêta, le curé posa son instrument et se tourna vers Brunet qui était rentré sans faire de bruit. Quelque chose d'indéfinissable rapprochait le commissaire de cet homme à l'apparence si peu ecclésiastique. Benalec avait dans le regard une franchise qui lui plaisait. Une impression de force se dégageait de son être, en même temps qu'une grande fragilité.

— Monsieur le curé, je viens d'entendre une bien belle musique.

— Cela peut paraître étrange, je vous l'accorde, dit Paul. Ma mère m'a obligé à travailler le violoncelle dans ma jeunesse et je me dis qu'elle a eu raison.

— Vous avez beaucoup de chance. J'aimerais tant savoir jouer d'un instrument.

— Je crois que ce sera utile aussi pour un petit garçon tellement perdu qu'il ne sait que mordre, un peu comme un animal qui montre les dents à son ombre, ajouta Paul. Mais vous n'êtes pas là pour me parler de musique.

— Non, je voudrais cerner plus précisément la personnalité de Maurice Legyère dont je n'ai entendu dire que du mal, et que vous avez connu puisque vous avez acheté votre bateau de pêche chez lui.

— Legyère éprouvait le besoin de dominer les autres tellement il se sentait fragile et faible. Il se cachait derrière l'argent, et comme il avait besoin de se conforter, il se servait de cet argent pour paraître. Au fond, c'était un homme malheureux.

— Vous a-t-il fait crédit à vous aussi lorsque vous avez acheté votre bateau ? demanda le commissaire en s'asseyant en face du curé.

— Oui, bien sûr ! Je ne pouvais pas faire autrement. Après le naufrage, je lui ai donné une procuration pour qu'il s'occupe de l'assurance. Il a donc reçu l'argent du bateau dont il me devait une partie. J'ai voulu récupérer cette somme pour les veuves. Je lui ai écrit dans ce sens, mais il n'a pas eu le temps de me répondre.

Brunet ne quittait pas des yeux le violoncelle que le curé avait posé sur sa pique, appuyé contre une commode. Il imaginait le travail nécessaire pour réaliser cet instrument et se disait, ce qui le confortait dans sa position de policier, que les hommes étaient souvent généreux. D'une certaine manière, il rejoignait Paul Benalec : les méchants étaient avant tout malheureux, mal dans leur peau. Comme ils redoutaient que leurs mauvaises actions ne se retournent contre eux, ils fuyaient le présent avec un peu plus de méchanceté. Mais ce n'était pas pour cette raison qu'il fallait laisser les délits impunis.

— Je vais vous dire, affirma-t-il enfin, je suis persuadé qu'Éric Laroch est innocent du crime dont il s'accuse. C'est tout de même assez étrange de protéger quelqu'un contre soi-même.

— Non, répondit le curé, ce n'est pas bizarre, c'est souvent le cas.

— Vous avez peut-être raison, mais moi, je dois arrêter le véritable meurtrier. Et pour cela, il me faudrait l'arme du crime qui reste introuvable.

Il descendit lentement l'escalier, comme s'il cherchait à formuler une autre question, mais il ne trouva pas les mots. Paul ne l'avait pas accompagné car des bruits venus de la place avaient attiré son attention depuis la fenêtre de son bureau. Il vit une dame d'un certain âge tirer par le bras Amaury qui tentait de se libérer par des contorsions tout en poussant des cris stridents. La dame, un chignon haut sur le crâne, ne le lâchait pas. Elle était toute menue mais retenait solidement l'enfant qu'elle menaçait avec une baguette. Quelques curieux étaient sortis. Le curé les rejoignit.

— Qu'est-ce qui se passe ? demanda-t-il.

— Ce garnement vient de casser deux carreaux de la fenêtre de la classe ! Je ne veux plus le voir ! Je le ramène à sa grand-mère qui en fera ce qu'elle voudra. Moi, je ne peux plus le garder !

Marthe arriva, affolée, levant les bras au ciel, une fois de plus dépassée par les frasques de son petit-fils. Elle se tourna vers les curieux, les prenant à partie :

— Mais qu'est-ce que je peux faire ?

—Rien, c'est tout le portrait de son père ! cria quelqu'un.

Marthe ne releva pas l'attaque qui la blessait cruellement. Elle attira Amaury à elle et lui administra une formidable gifle qui claqua comme un coup de fouet, puis, cédant à sa colère, se mit à le frapper vigoureusement. Le gamin se débattait en hurlant. Les curieux étaient satisfaits. Marthe avait enfin compris que les belles paroles, les remontrances ne servaient à rien et que seuls les coups pouvaient changer Amaury. À force de se contorsionner, l'enfant réussit à se libérer de la poigne de l'institutrice. Il bondit et s'échappa, se faufilant entre les gens rassemblés qui n'eurent pas le réflexe de l'arrêter. Puis il disparut derrière les maisons.

Le commissaire de police ne s'attarda pas. Il monta dans sa voiture, mais au lieu de prendre la grande route de Quimper, il se dirigea vers le port. Plusieurs voitures étaient stationnées là, celles des pêcheurs partis très tôt en mer. Le quai était vide. Sur la jetée, quelques bateaux de plaisanciers couverts de bâches bougeaient à peine sous la légère houle. Brunet fit quelques pas entre les cordes d'amarrage qui jonchaient le sol. Le vent du large lui cinglait le visage. Il enfonça ses mains au fond de ses poches et resta ainsi un long moment, offrant son visage aux embruns, comme s'il attendait de l'immensité la solution à la question qui le hantait : parmi ceux qui haïssaient Legyère, lequel était l'auteur des deux coups de pistolet mortels ? Il passa en revue les nombreux marins qui lui devaient de l'argent, les maris jaloux, les concurrents envers qui cet homme brutal et méprisant avait commis pas mal d'indélicatesses. Il énumérait des noms, se rappelait des visages, des silhouettes, mais personne n'avait le profil d'un meurtrier. Alors ?

Il s'éloigna de la jetée et suivit le sentier qui conduisait à la crête des falaises, à l'endroit où avait été retrouvé le corps de Legyère. Il pensait au petit Amaury, à ses cris d'animal pris au piège. Cela lui rappelait un autre petit garçon tout aussi dissipé : lui, le jeune Alain Brunet, né en banlieue parisienne et venu à Quimper après son mariage avec Rose Merry, une Bretonne pure souche qui n'imaginait pas passer sa vie loin de la Bretagne. Il sourit, comprenant que les fessées n'avaient probablement pas servi à grand-chose, mais qu'elles ne l'avaient pas non plus traumatisé. Curieusement, il en gardait malgré tout un assez bon souvenir. Ses parents lui avaient montré ainsi qu'ils s'intéressaient à lui, et c'était ce qu'il réclamait. Il comprenait aussi le malentendu qui le séparait des adultes. Amaury rentrerait dans le rang, comme lui. La différence, pourtant, était que le père Brunet était un employé de banque irréprochable alors que celui d'Amaury avait été abattu sur le trottoir par les policiers...

Il s'arrêta à l'endroit où on avait découvert le corps de Legyère. Des piquets plantés dans le sol montraient encore avec précision la position du cadavre. Derrière se trouvait un petit bosquet de pruniers sauvages parsemé de rochers dressés au-dessus de la falaise. Les enquêteurs avaient d'abord pensé que le tireur se trouvait à cet endroit. Ils avaient fouillé partout et n'avaient relevé que des empreintes d'animaux. Ils avaient ensuite imaginé qu'après les coups mortels Legyère avait pu faire plusieurs pas avant de tomber, et que rien ne permettait de savoir où se tenait exactement le meurtrier. Ils avaient cherché tout autour de la victime, ratissé le sol, sans plus de résultats.

Brunet pensait à tout cela en refaisant le parcours présumé de la victime. Legyère s'était dirigé vers le port, mais pourquoi n'y était-il pas allé en voiture ? Pourquoi avait-il parcouru ce chemin à pied ? Celui qui lui avait donné rendez-vous le lui avait-il demandé ? Peut-être, mais Brunet n'avait aucun moyen de le savoir. Restait l'arme du crime, toujours introuvable, cette arme qui aurait sûrement livré le nom de l'assassin. Mais elle avait sûrement été détruite.

Dans ce cas, sauf par un formidable coup de chance, il ne découvrirait jamais la vérité. Pourtant, un innocent était en prison pour un crime qu'il revendiquait et Brunet avait hérité de son enfance un désir de vérité et de justice, il ne pouvait pas s'accommoder de l'à-peu-près.

Il fouilla de nouveau les abords du crime, n'oubliant aucun recoin, espérant ce coup de chance qui vient toujours confondre les criminels. Il avait l'impression de perdre son temps et décida de retourner au village. Il gara sa voiture dans la petite rue de la boulangerie et de la boutique d'Alfred Macchat, qui se reconnaissait aux filets accrochés sur la façade, au-dessus de la porte d'entrée. Il poursuivit à pied jusque chez les Laroch, une modeste maison au bout d'une impasse. Éric l'avait achetée cinq années plus tôt, passant le peu de temps que lui laissaient ses deux métiers à la restaurer et l'agrandir. Ainsi la façade était-elle toujours cachée derrière un énorme échafaudage. Un tas de pierres, une brouette oubliée et des outils de maçon jonchaient la cour. Une fillette jouait devant la porte. Brunet lui sourit, mais la petite sauvageonne s'enfuit à toutes jambes derrière l'habitation. Mathilde sortit.

— Bonjour, madame Laroch, dit Brunet en constatant que, lors des dernières entrevues et auditions, il avait mal regardé la jeune femme aux cheveux abondants et frisés.

C'était la première fois qu'il entrait dans cette maison dont la propreté et l'ordre tranchaient avec le chantier extérieur. Mathilde lui présenta une chaise et lui proposa du café qu'il ne sut pas refuser.

— Donc, votre époux était absent dimanche. Il n'est rentré que le lundi matin, vers cinq heures, après la tempête.

— Oui, il était allé donner un coup de main à son frère à Concarneau. Il avait un peu trop bu et a dormi dans sa voiture pour ne pas se faire prendre avec un verre de trop au volant. Puis il est allé voir son bateau.

— Il est passé chez vous pour vous rassurer. Avait-il l'air normal ?

Elle acquiesça, braquant son regard sur le policier qui, gêné, détourna les yeux. Il se sentait laid devant cette belle femme, coupable de sa curiosité et de ses questions indiscrètes.

— Donc, insista Brunet, il était absent à l'heure présumée du crime.

Elle fit toujours le même signe de tête, comme si la présence de Brunet l'avait rendue muette.

— Il faut que vous me disiez ce que vous n'avez dit à personne, ajouta le commissaire en regardant sa tasse de café finement décorée sur le pourtour. Car je suis probablement le seul à ne pas croire qu'il a tué Legyère. Aidez-moi à le sauver.

— S'il ne l'avait pas tué, c'est moi qui l'aurais fait. M. Legyère était une horrible bête puante. Il n'a eu que ce qu'il méritait.

— Pourtant, vous avez eu quelques bontés à son égard. N'était-ce pas vous qu'il rejoignait le soir du crime, comme il l'avait fait d'autres fois pendant que votre mari était absent ?

Mathilde hésita, puis se leva de sa chaise et fit un pas vers Brunet, qui en fut étonné.

— Il menaçait de nous faire expulser. Je regrette ce que j'ai fait, j'ai été naïve, j'ai cédé à son chantage. Moi aussi, j'ai eu envie de le tuer. Vous ne pouvez pas savoir comme j'étais heureuse quand j'ai appris sa mort. Mais ce n'était pas moi qu'il rejoignait ce soir-là.

— Il y a quelque chose que je ne comprends toujours pas, reprit Brunet en posant sa tasse sur le coin de la table.

Il sortit et remonta la rue à pied, laissant sa voiture devant la boulangerie. Il s'arrêta chez Marthe Pollet avec l'intention de lui remonter le moral. La grand-mère d'Amaury l'accueillit sur le pas de sa porte et l'invita à entrer. Elle lui proposa du café qu'il ne sut pas refuser, une fois de plus. Il se dit qu'il n'allait pas tarder à être sur les nerfs. La femme lui lança un regard désespéré.

—Je n'ai pas de chance, soupira-t-elle. D'abord mon pauvre Luc, et maintenant Amaury, qui prend le chemin de son père. Si sa mère était là pour m'aider, ça pourrait s'arranger, mais moi, si seule et si fatiguée… Je n'en peux plus. L'assistante sociale me dit qu'il faut le placer, le mettre dans une famille où il sera tenu et dressé. Je m'y suis opposée jusque-là, mais je n'en peux plus…

— Vous avez eu raison de le garder, mais s'il est trop difficile, il ne faut pas hésiter à le placer.

Marthe poussa un profond soupir, consciente de ne pas être à la hauteur, et surtout sans espoir que le comportement d'Amaury s'améliore. Elle n'était pas loin de penser comme les autres, qu'il était bien le fils de son père et qu'il suivrait le même chemin.

—Je suis maudite, ajouta la vieille femme. D'abord mon mari, mort en mer, puis mon fils Luc, élevé comme j'ai pu. Ce n'était pas un mauvais garçon, mon Luc, mais il était influençable et il s'est laissé tenter par la vie facile, les grosses voitures, et l'argent plein les poches. Ça s'est terminé sur un trottoir, lors du braquage d'une banque et une fusillade nourrie avec les policiers. Et maintenant, ce garnement… Oui, je suis maudite.

— Il faut laisser passer quelques années. J'ai été moi aussi un garnement. Peu de choses séparent le gendarme du voleur.

— C'est décidé, je vais dire à l'assistante sociale de le placer. Des fois, je me dis que mon fils a été tué par mégarde, qu'il suivait ses copains mais qu'il ne les approuvait pas. Des erreurs, tout le monde en fait. Regardez ce pauvre Éric

Laroch, vous le gardez en prison, et pourtant je suis persuadée qu'il n'a pas tué M. Legyère.

— Ah bon ? s'étonna Brunet, tout à coup attentif, qu'est-ce qui vous le fait dire ?

— C'est un gentil garçon, il n'est pas capable de faire du mal à une mouche, reprit Marthe. Et puis, il faut que je vous avoue quelque chose. J'ai longtemps hésité avant de me décider, parce que les apparences conduisent souvent à des erreurs.

— Il faut tout me dire ! Puisque vous êtes persuadée comme moi qu'Éric Laroch est innocent, vous devez m'aider à le sauver. Un détail, même anodin, peut conduire à la vérité.

— Oui, mais franchement, je ne crois pas que cela ait le moindre rapport. Le soir de la tempête, c'était le premier jour du curé Paul Benalec, je suis allée lui apporter son dîner et bavarder un peu avec lui pour faire connaissance. Puis je suis revenue chez moi. Je me faisais du souci pour Amaury à cause du vent et des grosses vagues qui passent parfois par-dessus la falaise. Je suis sortie et j'ai vu une femme que je ne connais pas quitter précipitamment le presbytère. Comme je suis curieuse, j'ai voulu savoir où elle allait. Quand elle m'a vue, elle s'est enfuie en courant. Franchement, elle avait l'air bizarre.

— Vous avez sûrement raison.

Brunet prit congé, et comme il savait par expérience que négliger le moindre détail était la meilleure manière de ne pas arriver à la vérité, il décida de rendre une nouvelle visite au curé.

Paul Benalec le reçut dans son bureau. Le policier alla droit au but.

— J'ai une seule question à vous poser. Avez-vous reçu une femme ici, le jour de votre arrivée ?

Benalec réfléchit quelques instants avant de répondre .

— Oui.

— Qui était cette femme ?

— Vous le dire serait trahir un secret de confession, ce que je n'ai ni le droit ni l'intention de faire.

Brunet leva un regard étonné vers le curé. Il s'était déjà heurté au secret professionnel, il s'étonna qu'un prêtre invoque la même réserve en face d'une affaire criminelle.

— Vous laisseriez condamner un innocent en connaissant le nom du coupable ?

— Sans aucun doute. Vous comprenez que si un prêtre ne respecte pas le secret de la confession, tout homme en détresse, jusqu'au pire criminel, et qui a besoin d'écoute plus qu'un autre, perdrait confiance et ne pourrait plus dire ce qu'il a sur la conscience. La seule chose que peut faire un prêtre, c'est d'inciter le coupable à aller se dénoncer, lui montrer que c'est la seule solution de délivrance pour lui. Mais certainement pas le dénoncer à la police.

Brunet n'avait pas envisagé cet aspect des choses, cet ultime recours, le seul moyen de communiquer encore, de dire ce qui n'est pas avouable, de se montrer nu et de trouver dans son humilité la force de la repentance. Il n'insista pas et s'éloigna en se demandant qui pouvait bien être cette femme que Marthe avait vue sortir du presbytère en courant. Cela n'avait probablement aucun rapport avec le crime, mais à défaut d'autres indices, il devait approfondir celui-ci. Dans ce cas, quel rôle jouait le curé ? Celui du confesseur, ou celui du complice ?

Ch 10

— Il est complètement fou !

Juliette Usellat s'approcha d'Hervé Jugon qui bavardait devant son bistrot avec Maurice Legoff. La grosse femme trottinait vite en agitant les bras. Ses joues secouées par sa marche ressemblaient à celles d'un bouledogue. Elle ouvrait de grands yeux étonnés. Essoufflée, elle lança aux deux hommes :

— Le curé a perdu la tête. Il s'est moqué de l'archange Gabriel terrassant le démon ! Pour lui, un archange c'est comme un archiprêtre, le signe d'une hiérarchie intolérable. Je vous le dis : c'est un anarchiste qui ne croit en rien !

Le maire et son adjoint échangèrent un regard consterné. Jugon renchérit :

— Les parents se plaignent qu'il raconte des drôles de choses aux enfants du catéchisme !

— Ah bon ?

— Oui, monsieur. Il prétend par exemple qu'il ne faut pas faire le bien pour obtenir le paradis. Que la religion et le lien avec Dieu ne se marchandent pas. Je vous jure…

— Paraît, ajouta Juliette Usellat, qu'il a dit à la vieille Noémie Pillard que Marie était une femme comme les autres et que, probablement, Jésus avait eu des frères et des sœurs. Il pense même que Notre-Seigneur a pu avoir des enfants.

« Il est impensable, a-t-il ajouté, qu'un juif de cette époque, chef de famille comme l'était Jésus après la mort de Joseph, n'ait pas été marié ! Les mensonges inventés autour de la famille de Jésus font plus de mal à l'Église qu'une vérité soi-disant assenée pour contenter tout le monde. »

— C'est pas possible ! fit le maire que l'émotion oppressait.

Il était devenu rouge et ouvrait la bouche comme si l'air lui manquait.

— À l'évêché, qu'a-t-on dit ? demanda encore Maurice Legoff. Vous avez apporté la pétition ?

— Oui, répondit Juliette. C'est Georges Dumas qui l'a donnée au secrétaire de l'évêque. On n'a pas encore de nouvelles.

— Faudrait qu'ils se dépêchent. On ne peut plus vivre comme ça. Les jeunes parents parlent de faire baptiser leurs enfants dans les communes voisines ! s'exclama le maire.

Maurice Legoff et Hervé Jugon se concertèrent un bon moment et décidèrent d'aller trouver le curé. Ils se rendirent d'abord à l'église, constatèrent que la statue de saint Gabriel était toujours à sa place. Ils s'apprêtaient à sortir quand Paul Benalec arriva de la sacristie. Sa carrure, son allure de travailleur de force en imposaient.

— Monsieur le curé, il faut que nous vous parlions. Ici, les gens sont très attachés aux traditions, il ne faut pas les choquer.

De la main, Legoff désignait les statues.

— Vous ne me ferez pas dire ce que je ne pense pas, affirma Paul sur un ton dégagé.

— Il faut laisser les statues là où elles sont. On les a toujours vues à leur place. Ce serait choquant de les enlever.

— Je sais, répondit Paul, pourtant la vénération de ces morceaux de plâtre s'apparente à de l'idolâtrie. Ce n'est pas le chemin spirituel que je veux montrer !

— On comprend votre manière de penser, admit le maire. Mais les gens d'ici sont attachés à leurs saints.

— Je sais. Quand tout va mal sur un bateau secoué par la tempête, on pense à eux. Parfois, on a l'impression qu'un miracle s'est produit, mais ce n'est pas vrai !

Quand les deux hommes furent sortis, Paul se tourna face à l'autel, s'agenouilla sur la première marche et se mit à prier. Il avait beau se concentrer, Dieu se refusait à lui. L'immense félicité ressentie durant son séjour au monastère avait disparu. Il était de nouveau un homme ordinaire portant son fardeau. Il ne se sentait plus à sa place. Alors il serrait les dents, cherchait en lui la lumière qui l'avait éclairé après son suicide raté et qui l'avait rendu si heureux. S'était-il trompé ?

Il sortit de l'église. Les gens qui bavardaient toujours devant le bistrot le virent marcher rapidement vers le presbytère. Arrivé au pied de l'escalier, il fut étonné d'entendre des pas furtifs à l'étage. Du palier, il vit Amaury qui cherchait à s'échapper par la cuisine. Paul saisit le garnement et le retint d'une poigne sûre.

— Qu'est-ce que tu fais là ? Tu voulais me voler ?

— Mais non, dit l'enfant avec sa voix stridente, sur la défensive.

— Alors, qu'est-ce que tu cherchais ?

L'enfant ne répondit pas. Il se recroquevilla sur lui-même dans un mutisme total. Paul l'obligea à le suivre dans son bureau. Là, le violoncelle, posé sur sa pique contre le placard, resplendissait de sa belle couleur dorée. L'enfant jeta un regard sur l'instrument, puis baissa de nouveau la tête.

— D'ailleurs, pourquoi tu n'es pas à l'école ? demanda le curé.

— Parce que je ne veux plus y aller. La maîtresse ne s'occupe pas de moi et les autres me coincent dans la cour pour me battre.

— Si j'ai bien compris, tu as réussi à monter tout le monde contre toi !

— Je m'en fous. Quand je serai grand, j'aurai un pistolet et je les tuerai tous.

Le curé libéra l'enfant qui ne chercha pas à fuir. Ce qui l'avait poussé à entrer ici comme un voleur ne pouvait pas s'exprimer. Son regard se porta encore sur le violoncelle.

— Tu veux que je te joue de la musique ? demanda Paul. C'est ça ?

Amaury ne broncha pas. D'ordinaire, il s'opposait à tout, disait non même à ce qui lui faisait plaisir. Mais, médusé par le violoncelle, il ne pensait pas à se rebeller.

Paul prit l'instrument, posa sa chaise en face de l'enfant qui, assis sur le tapis, ressemblait à un petit chat. Son visage n'était plus celui du garnement qui cassait les vitres de l'école. Ses yeux noirs tranchaient sur la peau très blanche de ses joues et exprimaient une curiosité nouvelle et émue.

Paul s'assit sur sa chaise, régla la hauteur de la pique, vérifia l'accord des cordes par des coups d'archet successifs. Un son puissant et coloré submergea Amaury qui restait là, bouche bée. Quand la mélodie commença, que les notes se succédèrent avec cette grâce hautaine et cette force généreuse propres au violoncelle, il se détendit. Paul, qui ne le quittait pas des yeux, vit son visage se transformer, s'arrondir, perdre ses lignes anguleuses d'animal enragé.

Amaury retenait son souffle. Les notes entraient en lui, s'y mélangeaient, lui donnaient la main et l'emportaient dans une ronde colorée qu'il n'aurait jamais imaginée. Il se laissait bercer par la mélodie. Un bonheur profond jaillissait en lui, né de rien et de tout à la fois. Il n'était plus seul. Les sons graves vibraient jusqu'au fond de son être, lui racontaient des histoires toutes simples de berger et de princesse, de pauvre pêcheur qui trouve un poisson en or. Des images naïves défilaient devant ses yeux. Ravi, le petit sauvage, le fils du voleur, le rebelle regardait l'archet aller et venir, un léger sourire sur les lèvres. Il apercevait au loin une lumière allumée seulement pour lui et quelqu'un qui lui tendait les bras. Oui, Amaury, qui n'aimait pas qu'on l'embrasse, qui repoussait sa grand-mère quand elle lui souhaitait bonne nuit, Amaury, qui étouffait les merles et disséquait les insectes vivants, qui ne savait s'exprimer que par la violence, celui à qui on promettait une fin semblable à celle de son père, n'était plus qu'un tout petit garçon, les lèvres entrouvertes sur deux incisives trop grandes pour sa mâchoire d'enfant. La vie devenait facile. Son quotidien n'était pas seulement fait de remontrances, de coups, de fessées et de punitions. Deux larmes se formèrent au coin de ses yeux puis roulèrent sur sa joue. Il ne pensa pas à les essuyer.

La mélodie s'enferma dans les graves. Le prince devint voleur de banque. La voix du violoncelle devint celle d'un homme qui courait à en perdre le souffle. Une balle sifflait et l'homme tombait sur le trottoir, éclaboussant l'univers de son sang... Amaury fit une horrible grimace. Le sang ruisselait sur lui, inondait la pièce. L'or de l'instrument coulait en un flot rouge que le soleil gonflait. Le gamin poussa un cri terrible, se détendit brusquement, se dressa comme un ressort libéré et courut vers la porte. Paul l'entendit crier une nouvelle fois au milieu de la place. Les badauds virent l'infernal gamin surgir du presbytère et prendre la direction des falaises.

— C'est le genre à trouver des excuses à ce garnement et à lui donner des bonbons ! conclut Juliette Usellat.

Paul posa l'instrument à plat sur le plancher et alla à la fenêtre. Amaury avait disparu, les curieux étaient toujours là et tournaient leurs faces anxieuses vers le presbytère. Paul avait vu juste : la musique avait ouvert la blessure de l'enfant. Par elle il pourrait peut-être le conduire à échapper à ses cauchemars. Il se rendit à l'église où il resta un peu plus d'une heure. Quand il revint dans son bureau, les quatre cordes du violoncelle avaient été sectionnées avec une pince. Paul sourit. Finalement, Amaury était très attachant.

Ch 11

Marthe Pollet quitta le presbytère vers midi, après avoir préparé le repas du curé. Elle fut étonnée de ne pas voir Amaury parmi les enfants qui rentraient de l'école par la petite rue, à droite du bistrot. Autour de Vincent Leroy, qui était le plus grand et le plus costaud, plusieurs garçonnets parlaient très fort pour se mettre en valeur. Deux fillettes marchaient un peu en retrait, dont la petite Pauline Laroch qui fuyait les autres depuis que son père avait avoué avoir tué M. Legyère. Les propos de ses camarades sur sa mère la blessaient à vif. Elle s'enfermait dans un mutisme douloureux, refusait de réciter ses leçons à la maîtresse qui n'insistait pas. La fillette ne pleurait plus. Toutes ses larmes se répandaient en elle, lui laissant un visage de marbre face aux atrocités qu'on lui disait.

Marthe savait que son petit-fils n'aimait pas beaucoup Vincent Leroy qui affirmait son autorité à coups de poing. Amaury n'était pas de taille à lutter et préférait les coups en douce, les pièges et les menaces de loin. Mais, d'ordinaire, vers midi, l'enfant suivait le groupe même s'il se tenait en retrait. Elle ne s'inquiéta pas outre mesure, se disant que la faim faisait toujours sortir le loup du bois. Elle pressa le pas pour rentrer chez elle.

Marthe avait décidé de placer Amaury dans une famille. Elle était certaine que son attitude serait différente face à des gens qui auraient de l'autorité. S'ils réussissaient à le calmer, à l'obliger à se discipliner, le gamin pourrait s'en sortir. L'assistante sociale avait trouvé une place chez des agriculteurs, du côté de Quimper. La veille au soir, en apprenant la nouvelle, Amaury s'était enfui, comme il le faisait chaque fois qu'il était contrarié. Le gamin n'imaginait pas vivre loin d'ici, des falaises, de l'océan qu'il aimait contempler pendant des heures en échafaudant des rêves de géant. Jean-Claude Leroy, qui revenait de son dépôt d'engrais, l'avait intercepté et ramené chez sa grand-mère. La vieille femme n'eut d'autre recours que de l'enfermer dans sa chambre où il passa la nuit sans manger. Le lendemain, calmé, il se prépara pour aller à l'école, comme tous les autres matins.

Cette séparation était pénible pour Marthe. La garde d'Amaury n'était pas de tout repos, mais c'était son petit-fils, ce qui lui restait de la famille, et elle l'aimait. Même si elle n'avait pas beaucoup étudié, Marthe avait du bon sens et comprenait que le comportement du petit garçon était lié à sa situation particulière, au traumatisme subi quand son père avait été tué, au rejet des autres enfants qu'il avait lui-même provoqué mais dont il ne pouvait plus se sortir. Il n'avait pas d'amis, ne jouait jamais avec ses camarades qui le chassaient parce qu'il était violent et indiscipliné. « Ton père était un voleur ! » lui répétait Vincent Leroy, et le gamin ne savait répondre que par des cris aussi tranchants qu'une lame. À l'école, depuis longtemps, la maîtresse le laissait jouer avec son ordinateur dans la mesure où il ne perturbait pas la classe. Et là, Amaury prenait sa revanche. Il était passé expert pour décoder les accès à Internet de certains sites, et les grands, Vincent Leroy en tête, enviaient sa dextérité à installer des programmes trouvés sur la Toile, à télécharger des jeux, des films et des chansons. L'éducateur avait vu juste. Grâce à cet ordinateur, Amaury apprenait des tas de choses et gardait un contact avec le reste du monde.

Après avoir mis le couvert, Marthe sortit de nouveau sur le pas de sa porte. Le temps était encore gris, porteur de pluie. Le froid, en avance cette année, laissait présager une longue saison d'inactivité pour les pêcheurs. Inquiète malgré elle, la grand-mère descendit vers l'école. La maîtresse, qui habitait l'appartement au-dessus de la mairie, lui cria par la fenêtre qu'Amaury était bien parti avec les autres. Marthe la remercia et alla faire un tour sur la falaise, puis au port. Pas d'Amaury. Malgré cela, elle pensa qu'il n'était pas nécessaire d'ameuter tout le monde. Ce n'était pas la première fois que son petit-fils ne venait pas déjeuner.

Pourtant, Amaury avait pris une lourde décision. La nuit précédente, l'enfant avait sombré dans un demi-sommeil, en proie à de mauvais pressentiments. Partir d'ici, aller vivre dans une famille du côté de Quimper, c'était aller en prison. L'inconnu à quelques kilomètres de Sabrenat le terrorisait, lui qui rêvait d'Amérique.

Tout en somnolant, il imaginait une échappatoire : partir dans une grande ville, se cacher au hasard des rues, voler aux étalages pour manger, échapper aux adultes. Cette vie de sauvage sans domicile, sans attache, aurait pu lui convenir, mais il savait bien que cela ne durerait pas, qu'il finirait par se faire prendre. Il avait mieux à faire.

La musique du violoncelle l'avait décidé. Maintenant, il regrettait d'avoir rendu l'instrument muet en coupant les cordes, en le mutilant, comme il aurait coupé les ailes à un merle pour rire de ses soubresauts. La mélodie jouée par le curé l'avait touché, et il se disait que ce serait formidable de pouvoir jouer ainsi. Mais il n'aurait jamais le courage d'apprendre. L'imminence de son départ le poussait à agir autrement. Depuis plusieurs mois, il s'entraînait sur son ordinateur. Il savait tout d'un bateau, de la manière de se diriger sur l'océan, de naviguer pour garder sa trajectoire malgré

109

la dérive des courants. Il était prêt pour voguer vers l'Amérique, le grand continent, juste derrière l'horizon ! L'Amérique avec ses vastes plaines, ses chevaux, ses Indiens, ses troupeaux de bisons… L'Amérique des mines d'or, des bandits célèbres. La terre où la liberté était à l'image de son espace immense, sauvage et inexploré. New York ne l'attirait pas, ce n'était qu'une ville comme les autres. Lui voulait aller là où personne n'avait tracé la moindre route.

Le matin, pendant la récréation, il s'était réfugié dans un coin du préau pour peaufiner son projet. Tous allaient bien être étonnés de ce qu'il était capable de faire, lui le petit cancre dont ils se moquaient mais qu'ils allaient chercher quand leur Nintendo ne fonctionnait pas. Lui, le champion en informatique qui n'était pas capable de faire une multiplication ou d'écrire trois mots sans fautes d'orthographe, allait leur montrer qu'il les dépassait tous.

À midi, la maîtresse donna la permission de sortir. La plupart des enfants rentrèrent chez eux. Ceux qui venaient des hameaux isolés restèrent à la cantine, une classe désaffectée où Mélanie Saujon leur apportait les repas.

Au lieu de suivre les autres dans la rue qui remontait vers le centre du village, Amaury prit un sentier qui conduisait aux falaises en direction du port. Le vent fouettait son visage et semblait lui parler. Il arriva à l'endroit où on avait trouvé le corps de Legyère. Il s'arrêta là où l'herbe était encore piétinée, puis, considérant qu'il ne devait pas se montrer du côté du port, où sa présence aurait paru suspecte, il s'assit. Les nuages défilaient dans le ciel bas et lourd. Le souffle puissant de l'océan les portait vers l'intérieur des terres. La marée était haute. Quand les bateaux de pêche seraient rentrés, elle baisserait, avec un fort courant vers le large. Tout était conforme à ses prévisions. Les yeux mi-clos, il se laissa aller à son grand rêve. « Quand je reviendrai, je serai grand et riche. J'arriverai à Sabrenat avec une voiture de sport, une Ferrari rouge, et je m'arrêterai sur la place. Là, les cons verront qu'ils se sont trompés et ils viendront me saluer en prenant de grands airs. « Ah, c'est toi, Amaury, on ne savait pas ce que tu étais devenu, mais ça a bien marché pour toi ! » Alors, je leur dirai en souriant : « Là-bas, les gens avaient besoin d'un spécialiste en ordi ! Vous voyez ce qu'il est devenu le fils du voleur ! » Ensuite, j'achèterai une belle maison pour ma grand-mère qui, bien qu'insupportable, est gentille. Puis j'irai à Quimper au volant de ma voiture. Je me garerai dans le parking d'un immeuble. Là, je frapperai à la porte de l'appartement 53. Ma mère s'étonnera qu'un si beau jeune homme vienne la voir, car elle sera vieille et laide. Mais elle me reconnaîtra, et quand elle voudra m'embrasser je la repousserai avec dégoût. Oui, la vie sera belle quand je serai riche !

En pensant à cela, Amaury se sentait léger, plein d'une joie chaude et vaporeuse. Il avait choisi la meilleure manière de venger son père : en revenant ici, fortune faite car bien sûr, là-bas, derrière l'horizon, la fortune sourit à ceux qui savent se débrouiller avec un ordinateur, il montrerait que la mauvaise graine n'est pas toujours celle qu'on croit.

Le soleil de midi apparut entre les nuages, répandant une agréable lumière et une douce chaleur d'automne. Plusieurs bateaux, leur journée de pêche terminée, rentraient déjà au port. Une grande activité allait régner pendant l'après-midi, camions des mareyeurs, marins déchargeant les poissons, criée pour la vente. Amaury se dit qu'il était temps de soulager les tiraillements de son estomac. Il vérifia que la clef qui allait lui ouvrir les portes de l'océan et qu'il avait volée à Mathilde Laroch se trouvait toujours dans la boîte de pastilles dissimulée sous une pierre. Son regard fut attiré par quelque chose qui brillait entre les herbes, sous un rocher. Il s'en approcha, pensant que c'était un morceau de verre, puis poussa un petit cri de surprise : c'était un pistolet, probablement celui du meurtrier que les policiers avaient cherché en vain. L'enfant hésita avant de le saisir, comme s'il redoutait que l'arme ne lui explose à la figure. Enfin, il osa la toucher du bout d'un doigt, puis la prit dans sa main droite par la crosse, la souleva à sa hauteur et la positionna devant lui. Il se sentit différent, aussi fort qu'un géant. Avec cette arme, il pouvait commander et être obéi. On ne lui parlerait plus comme à un gamin. Il joua un instant, tout en faisant bien attention à ne pas appuyer sur la détente.

Il sourit. Cette découverte tombait à pic. Là-bas, dans le Far West, il aurait besoin de cette arme pour se défendre des bêtes sauvages et des bandits. Il décida donc de la cacher et de n'en parler à personne. Il rentra chez sa grand-mère, qui l'accueillit avec ses habituels reproches.

— Mais où étais-tu encore ?

— Je suis allé faire un tour.

Il avala rapidement son assiette de nouilles et une cuisse de poulet. C'était déjà l'heure de repartir à l'école. Marthe s'étonna de cette lueur dans les yeux sombres de son petit-fils et se contenta de l'avertir :

— Ne fais pas de bêtises !

— Mais pourquoi tu me parles comme ça ?

L'après-midi, à l'école, lui parut une éternité. Il avait beau se dire qu'il ne devait surtout pas montrer son impatience, il s'agitait sans cesse sur sa chaise. L'institutrice ne fit aucune remarque, et quand l'heure de la sortie sonna enfin, celle de la liberté, de la grande aventure, il se rua vers la porte.

Il courut vers les falaises, s'empara du pistolet, prit sa clef et se dirigea vers le port par un sentier entre les bruyères et les ajoncs.

— Mais qu'est-ce que tu as à la main ?

C'était Mélanie Jugon qui revenait du port par ce raccourci. Elle avait fait sa commande de poisson pour le lendemain car elle devait préparer le repas d'une association pour la protection du littoral. Elle resta un instant pétrifiée en voyant le gamin dresser l'arme dans sa direction. Puis, cédant à la panique, elle courut au village en criant qu'Amaury avait un pistolet et qu'il avait menacé de la tuer. Aussitôt, son mari téléphona aux gendarmes. Plusieurs hommes, qui s'étaient rassemblés sur la place, virent arriver l'enfant avec l'arme à la main. Amaury, contrarié par la rencontre inopinée avec la bistrotière, avait été contraint d'ajourner son projet. Il rentrait au village avec l'intention de confier l'objet à une grande personne. Hervé Jugon l'apostropha :

— Où as-tu trouvé ça ?

Les gens étaient sortis sur le pas de leurs portes mais n'osaient pas intervenir, sachant bien que le garnement était capable des pires extrémités.

— Pose ça, ordonna Jugon, un peu plus courageux que les autres. Il tenta d'intercepter Amaury, ravi de son effet sur les adultes.

Marthe s'approcha et vit soudain son petit-fils qui brandissait l'arme en direction de l'adjoint au maire.

— Qu'est-ce que tu fais ! Arrête ! hurla-t-elle à son petit-fils, qui braqua le canon sur elle.

Il riait, car pour lui ce n'était qu'un jeu. Face aux adultes qui tremblaient, il jubilait. Jugon voulut le ceinturer, mais le gamin se dégagea.

— Sale gosse ! hurla Jugon alors que les autres restaient en retrait. Mais qu'est-ce qu'ils font, les flics ?

À ces mots, une lueur rouge s'alluma dans le regard d'Amaury. Du sang coulait autour de lui, un homme tombait sur le trottoir, sous les applaudissements des badauds. Il fit une horrible grimace et se mit à crier :

— Je vais tous vous tuer !

Il dressa le canon devant lui et appuya sur la détente. Le coup partit, puissant, monstrueux, entre les murs. Le recul surprit tellement Amaury que l'arme lui tomba des mains. Une voiture s'arrêta sur la place. C'était le curé. Paul se précipita vers Amaury, qui claquait des dents face à la meute des adultes.

— Qu'est-ce qui se passe ? demanda le prêtre en regardant Marthe.

— Il se passe...

Elle n'arrivait plus à parler. Sa mâchoire était bloquée et les sons qui sortaient de sa gorge formaient une sorte de vagissement grave.

— D'où vient cette arme ? demanda Paul en découvrant le pistolet aux pieds de l'enfant.

Amaury faisait face aux adultes qui formaient une haie devant lui. Il comprit qu'il n'avait d'autre solution que de dire la vérité.

— Là où on a trouvé M. Legyère.

— Alors que personne n'y touche ! ordonna Maurice Legoff qui venait d'arriver tout essoufflé. Il faut attendre les gendarmes.

— Toi, dit alors Marthe en reprenant ses esprits, tu vas me raconter ce que tu as fait.

Les gendarmes arrivèrent en même temps que le commissaire Brunet, averti par le commandant Leblond. Le commissaire se dirigea vers l'arme qu'il examina un moment avant de la saisir soigneusement avec un tissu pour préserver les empreintes. Tout le monde l'observait en silence. Une fois qu'il eut glissé le pistolet dans un petit sac en plastique, Brunet se tourna vers les curieux et dit :

— Vous remercierez cet enfant qui a réussi là où moi-même, mes inspecteurs et les gendarmes avons échoué. Je reviendrai l'interroger pour qu'il m'explique où il a trouvé cette arme.

Remercier ce garnement, un comble !

Le lendemain, vers midi, le commissaire revint avec deux inspecteurs. Il alla d'abord au bistrot, commanda un café et annonça à l'adjoint au maire :

— L'enquête avance. L'arme a parlé. Nous sommes certains que c'est celle qui a tué M. Legyère. Et puis il y a des empreintes, celles du gamin, bien sûr, mais d'autres aussi, moins visibles et plus anciennes, mais tout à fait exploitables.

C'était la sortie de l'école. Les enfants remontaient par groupes jusqu'à la place où ils se séparaient pour rentrer chez eux. L'« exploit » d'Amaury avait attiré la curiosité de ses camarades qui lui avaient posé de nombreuses questions sur « ce que ça fait quand le coup part ». Le gamin avait fanfaronné qu'il avait eu très mal au poignet, puis s'était enfermé dans son mutisme habituel.

Arrivé à la hauteur du café, le commissaire Brunet s'approcha de lui et dit assez fort pour que les autres l'entendent :

— Je te félicite. Tu as réussi là où une équipe de spécialistes a échoué.

— J'ai rien fait, monsieur, dit l'enfant encouragé par le ton amical du policier. J'étais assis en face du rocher où était caché le pistolet. C'est le soleil qui le faisait briller.

— En tout cas, tu viens de rendre un fier service à la justice. Maintenant, je suis sûr qu'Éric Laroch est innocent.

Il sortit de sa poche une pièce de monnaie et la glissa dans la main du garçon qui resta éberlué, le visage rond de bonheur sous le regard envieux des autres. On le récompensait pour ce que les gens d'ici considéraient comme une mauvaise action.

Le commissaire s'éloigna en direction du presbytère. Depuis qu'il avait la preuve de l'innocence d'Éric Laroch, il avait de nouvelles pistes à exploiter. Il pensait surtout à cette femme aperçue sortant de chez le curé le soir de la tempête. Qui était-elle ? Ses enquêteurs n'avaient rien trouvé. Seul le curé connaissait son identité, mais il avait refusé de la livrer. Il poussa de nouveau la porte de la sacristie.

Paul Benalec vint à sa rencontre et comprit tout de suite ce que venait faire Brunet. Il l'invita à le suivre dans son bureau.

— Voilà, commença le policier sans s'asseoir, l'innocence de ce pauvre Laroch est acquise et sa femme va en être soulagée, elle qu'on accusait de tous les maux. C'est une bonne chose. Cependant, je n'ai plus aucune piste, alors j'explore tout ce que je sais. Nous avons épluché les comptes et les relations de la victime. Beaucoup de marins lui devaient de l'argent, mais tous ont des alibis pour cette fameuse nuit. J'ai consulté ses papiers et j'ai trouvé ceci.

Il sortit de la poche intérieure de son blouson une lettre qu'il tendit au curé. Paul la reconnut d'emblée, et dit :

— C'est la lettre que j'ai écrite à M. Legyère pour lui demander une nouvelle fois de me régler l'argent qu'il me devait.

— Très bien. Il y a cette femme qui vient vous voir le jour de la tempête, celui de votre arrivée. Je n'ai toujours pas pu trouver son identité. Vous la connaissez, mais vous ne voulez pas m'en parler.

— Je ne peux rien vous dire.

— Cela ne simplifie pas mon travail, répliqua le policier. Pourtant, je vais prendre ce livre sur lequel se trouvent vos empreintes. Je pourrai ainsi les comparer avec celles de l'arme du crime et m'ôter d'un doute qui me gêne.

Paul Benalec comprit que le piège de Pétronille était en train de se refermer sur lui et qu'il n'avait aucun moyen d'y échapper. Il accepterait son destin. Brunet plaça le livre dans un sachet en plastique et s'en alla sans un mot. L'absence de protestation du curé et son silence lui laissaient penser qu'il allait encore se tromper. Car ce curé, malgré le mal qu'en disaient les gens, n'avait pas l'air de quelqu'un qui se cache pour tirer dans le dos de sa victime. Il était finalement admiratif devant la détermination de ce prêtre qui ne transigeait pas avec ses engagements.

Ch 12

Le lendemain était un dimanche, jour de grand-messe et de contestation. Les fidèles, irrités par les propos de Paul Benalec, allèrent assister à l'office dans la commune voisine de Pont-l'Abbé où le vieux curé racontait toujours les mêmes niaiseries, commentait les Évangiles avec les mêmes propos depuis quarante ans. C'était reposant de l'écouter tout en pensant à autre chose. Au moins, lui ne remettait pas tout en question. Juliette Usellat pouvait parader et assurer aux parents que leurs enfants feraient une communion convenable.

L'église de Sabrenat était pratiquement vide. Ne restaient que quelques personnes qui n'avaient pas pu se rendre ailleurs, Marthe Pollet notamment, qui s'était attachée à ce curé dont elle avait découvert le grand cœur au fil des jours. Paul dit sa messe comme d'habitude, mais il évita de prêcher devant des chaises vides. Il savait cependant que sa mission n'allait pas tarder à prendre fin et que les gens ne trouveraient pas de mots assez durs pour le condamner. C'était sa punition, il l'acceptait, il l'attendait, bien conscient de ne pas être à sa place à la tête d'une paroisse.

À la fin de l'office, il passa au presbytère et déjeuna rapidement. Il attendait les policiers d'un instant à l'autre, s'étonnant qu'ils tardent autant. Ils arrivèrent en milieu d'après-midi, alors que tout le monde profitait d'un beau soleil d'automne pour prendre l'air. Sur la place, des retraités jouaient aux boules, la terrasse du bistrot avait des airs de vacances avec ses consommateurs assis aux tables que Jugon avait sorties pour la circonstance sur la terrasse. Le ciel, entièrement dégagé, avait une belle teinte bleu-vert. Un léger mais persistant vent d'ouest annonçait pourtant des averses et des grains en mer. Sur le port, les pêcheurs préparaient leur sortie du lendemain, vérifiaient leurs lignes tout en surveillant le temps. S'il ne pleuvait pas, ils pouvaient espérer une belle pêche et quelques prises de taille, celles qui se vendaient le plus cher.

Vers seize heures trente, la petite voiture du commissaire Brunet s'arrêta sur la place. Les retraités arrêtèrent de jouer pour commenter l'événement. Quelques minutes plus tard, un fourgon de gendarmerie vint se garer près de la fontaine. Brunet, accompagné de deux inspecteurs, entra sans un mot dans le presbytère, monta rapidement les marches jusqu'au bureau, suivi de ses hommes.

— Monsieur le curé, dit-il enfin, les empreintes que nous avons relevées sur l'arme du crime sont bien les vôtres. Pouvez-vous nous expliquer quand vous l'avez eue entre les mains ?

Paul ne répondit pas. Brunet échangea un regard accablé avec ses hommes. Il était obligé d'aller au bout de sa démarche.

— À défaut d'explication, vous êtes suspecté d'être le meurtrier de M. Legyère. Vous êtes en état d'arrestation.

Paul poussa un soupir mais ne dit rien. Il tendit ses poignets à l'inspecteur qui tenait les menottes.

— Vous n'ignorez pas les conséquences de votre silence, je suppose…

— Je refuse de parler parce que je n'ai rien à dire. La justice décidera de mon sort, j'attends le verdict avec sérénité.

— Cela veut-il dire que vous êtes innocent et que vous protégez quelqu'un pour ne pas trahir le secret de la confession ?

— Certainement pas, répondit calmement Paul Benalec.

Les inspecteurs l'encadrèrent, et ils sortirent. Tout le village observait le curé menotté, marchant la tête haute jusqu'au fourgon de gendarmerie. Des cris de haine fusaient. Depuis qu'il était arrivé, les Sabrenais savaient que le diable était chez eux. Enfin, ils allaient pouvoir respirer, écouter la messe avec un véritable prêtre et éviter que les statues ne soient délogées de leur niche.

Tout à coup, venu d'on ne sait où, un enfant passa comme l'éclair entre les grandes personnes et se précipita sur Paul que les gendarmes encadraient. Un cri sortit de la gorge d'Amaury, toujours aussi strident mais cette fois différent de ses habituels cris de haine.

— Mais pourquoi vous l'emmenez ?

— Allez, pousse-toi, dit Brunet, qui s'étonnait de cet attachement inattendu du garnement.

— Pourquoi vous l'emmenez ? Je veux qu'il reste !

Les gendarmes sourirent en repoussant Amaury qui pleurait à chaudes larmes. Ses petites épaules étaient secouées de gros sanglots. Il comprenait que c'était lui qui avait précipité l'arrestation du curé en retrouvant l'arme du crime, et il s'en voulait.

— Alors, moi aussi je peux aller en prison, dit-il en s'éloignant, pleurant comme jamais personne ne l'avait vu pleurer.

Il se jeta dans les bras de sa grand-mère, comme s'il cherchait un réconfort. Marthe en fut plus étonnée que les autres puisque Amaury refusait toujours le moindre geste de tendresse.

— Pauvre petit, dit Brunet en montant dans sa voiture.

— C'est quand que je vais dans la famille ? demanda Amaury à sa grand-mère entre deux sanglots. Je veux partir tout de suite.

C'était l'heure où Ghislaine Pillard emmenait sa mère à la promenade. La vieille aveugle portait sa coiffe bretonne dont elle ne se séparait jamais. Elle s'arrêta devant le presbytère.

— Tiens, ça ne sent plus le diable. Au contraire, on dirait que ça sent le printemps alors qu'on va vers l'hiver !

SECONDE PARTIE

LA VAGUE SCÉLÉRATE

Ch 13

En apprenant l'arrestation de Paul Benalec, Pétronille Bernard resta figée un long moment. Un frémissement parcourut son corps, une vague de chaleur éclata dans sa poitrine. Elle sourit, d'un de ces sourires légers qu'on adresse à des souvenirs, puis elle rit franchement, un rire qui sonna comme une sorte de gloussement d'animal satisfait. Les yeux brillants, elle se tourna vers ses trois filles, des blondinettes entre huit et douze ans. Les gamines la regardaient de leurs grands yeux clairs pleins d'étonnement. Depuis la mort de leur père, dont elles gardaient un souvenir lointain auréolé de lumière, elles n'avaient plus jamais entendu rire leur mère. Pétronille ne cessait de leur parler de ce marin pêcheur devenu, par son absence, une sorte de Dieu omniprésent. Elles grandissaient dans son souvenir, obéissaient à leur mère pour faire plaisir à cet homme dont elles avaient hérité, paraît-il, les cheveux blonds et les yeux verts. « Votre père sera content ! » leur disait Pétronille quand elles revenaient de l'école avec de bonnes notes ou les félicitations de la maîtresse. « Soyez sages, votre père vous regarde ! » Ainsi, les deux grandes, Annabelle et Marlène, avaient-elles le sentiment d'être constamment surveillées, observées par un être invisible. Les gamines s'étaient habituées à cette présence, et il leur arrivait de lui parler comme s'il allait

125

leur répondre. Elles lui écrivaient des lettres naïves et pleines d'une tendresse qui n'attendait rien en retour. À Noël, c'est à lui qu'elles commandaient leurs cadeaux.

Ainsi Pétronille vivait-elle avec une ombre. La photo du disparu trônait sur sa table de nuit et un peu partout sur les étagères de la maison. On ne pouvait pas passer d'une pièce à l'autre, longer un couloir, entrer dans la cuisine ou même le débarras sans tomber sur un cadre représentant Antoine Bernard. Au retour de la pêche, chez lui tenant ses filles sur ses genoux, à la piscine municipale ou en train de boire un verre à la terrasse d'un café. Antoine hantait cette maison qui avait cessé de vivre avec lui. Sa présence excluait les autres. Les fillettes n'osaient pas inviter leurs copines par peur de le déranger et la jeune veuve rentrait chaque soir de son travail pour le retrouver, refusant systématiquement les invitations de ses collègues.

C'était pourtant une belle femme, à l'air encore juvénile. Elle était brune, avec de grands yeux noirs, et des cheveux courts. Son visage sans rides et harmonieux attirait les regards. Mais Pétronille ne les voyait pas. Elle ignorait les signes des uns et des autres et ne sortait jamais, sous prétexte qu'elle devait garder ses filles alors que sa mère habitait la même rue. Sa coquetterie naturelle laissait aux soupirants l'espoir d'un rendez-vous, et il aurait fallu un simple mot pour les encourager à poursuivre leur tentative d'approche. Mais Pétronille était morte. Elle n'avait de la vie que l'apparence. Son âme était détruite, brûlée par ce chagrin immense qui ne s'était jamais tari. Sa vie s'était arrêtée ce jour de tempête où le *Fringant* n'était pas rentré au port. Quand, vers midi, les sauveteurs lui avaient annoncé qu'ils avaient repêché vivant Paul Benalec mais qu'il n'y avait plus aucun espoir de retrouver les autres. Une profonde haine s'était alors emparée d'elle.

Le rire, qui avait étonné les filles, se poursuivit par une grimace qui les glaça d'effroi. Jamais elles n'avaient vu leur mère leur lancer un regard si cruel.

— Voilà, c'est fait, leur dit-elle. Maintenant, on va pouvoir recommencer à vivre. Mais ne vous en faites pas, les filles, on va savourer notre vengeance. C'est moi qui vous le dis !

Finalement, Pétronille comprit que son bonheur serait de courte durée. Sa vengeance accomplie l'avait libérée de cette haine qui l'emprisonnait depuis le naufrage, mais cela ne suffisait pas à la réconcilier avec la vie. Elle n'avait pas d'autre choix que de poursuivre son harcèlement, inlassablement. Elle ne pouvait plus s'en passer, comme un délicieux poison qu'on s'administre à petites doses. Sans cela, il lui semblait qu'Antoine mourrait pour de bon, qu'il quitterait cette maison et ses pensées. Et ça, elle ne pouvait pas le supporter.

— Bon, les filles, prenez votre manteau, vous allez chez Mamy. Moi je dois terminer mon travail.

Elle avait une assez bonne situation. Responsable des approvisionnements dans un petit supermarché, Pétronille organisait ses journées comme elle l'entendait. Elle prenait le temps d'aller chercher ses filles à l'école, de préparer leur déjeuner et de s'occuper de leurs devoirs. En contrepartie, elle travaillait souvent très tard, sacrifiant même ses journées de congé hebdomadaires quand ses filles étaient chez la mère d'Antoine, près de Sabrenat.

Ce dimanche après-midi, Pétronille se rendit à Concarneau. Elle gara sa voiture sur le parking d'un immeuble, près du port. Le soleil brillait entre de gros nuages pressés, irradiant une agréable chaleur. Le souffle du vent donnait une impression de liberté. La jeune femme prit le temps d'observer la façade du bâtiment et se dirigea vers l'une des trois entrées abritées par un auvent. Elle gravit l'escalier jusqu'à une

127

porte de chêne clair qu'elle avait déjà franchie au temps d'Antoine. Elle appuya sur la sonnette. Une femme d'une quarantaine d'années vint lui ouvrir. Elle était brune elle aussi, ses yeux bleus tranchaient sur sa peau hâlée et lui donnaient un petit charme exotique, comme si elle était issue d'un pays de soleil. Marie Marchand manifesta un petit mouvement de surprise, ses sourcils se froncèrent, puis se détendirent. Elle sourit.

— Madame Bernard... Mais entrez donc.

Marie et Pétronille s'étaient un peu perdues de vue depuis le naufrage. Elles s'étaient rapprochées pendant le procès qui avait suivi, puis chacune était repartie de son côté. Pétronille n'avait jamais montré sa haine à l'égard de Paul, elle s'en félicitait à cet instant.

— Je viens d'apprendre la terrible nouvelle, dit-elle en prenant un air affecté et en baissant les yeux. Nous avons été solidaires pendant ces dures journées qui ont suivi l'accident, j'ai pensé que mon devoir était de le rester.

— Mais, quelle nouvelle ?

Marie ignorait donc tout de l'arrestation de Paul. Une aubaine ! Pétronille eut une très légère contraction des lèvres, que l'on aurait pu prendre pour de la retenue mais qui exprimait un rictus de triomphe. Au fond d'elle-même, Antoine était heureux. Elle l'entendait jubiler de ce terrible coup qu'elle allait infliger à la femme de son ennemi.

— Ce pauvre Paul, il aura porté sa croix sur cette terre. Espérons que là-haut, on saura s'en souvenir.

— Qu'insinuez-vous ? demanda Marie, tout à coup anxieuse.

— La vie nous réserve à tous de bonnes surprises, poursuivit la perfide Pétronille. Regardez, j'ai cru qu'elle s'arrêtait quand mon Antoine est mort, et puis, avec le temps, j'ai tourné la page, et maintenant je me sens prête à refaire ma vie !

Elle grimaça. La seule pensée de partager son lit avec un autre homme la révoltait, lui donnait la nausée. Enfin, elle prit un air accablé, baissa la tête, comme si ce qu'elle allait annoncer lui causait beaucoup de peine. Elle soupira plusieurs fois, puis dit enfin, faisant durer son plaisir :

— Comment, vous n'êtes pas au courant ?

— Au courant de quoi ? Je sais que Paul a quelques difficultés à se faire accepter à Sabrenat. Mais je le connais, il ne transigera pas. Et puis je m'en fous. Pour moi, il est mort.

— Mais il ne s'agit pas de ça, poursuivit Pétronille en baissant le ton. Je vous parle de l'assassinat de M. Legyère.

Marie fixa la jeune femme qui gardait toujours la tête baissée par peur de trahir sa jubilation. La visite de Pétronille l'avait étonnée, même si l'accident avait créé des liens entre elles, indéfectibles et d'une nature particulière. Elles étaient sœurs de malheur.

— Que s'est-il passé ? demanda Marie. Je sais que Paul souhaitait récupérer une partie de l'argent de l'assurance.

Elle soupira à son tour, mesurant que sa situation était pire que celle de Pétronille. Paul n'était pas mort, pourtant elle était veuve ! Pétronille savourait son plaisir et ne lâchait les informations que par bribes.

— Il paraît que c'est un gamin qui a retrouvé l'arme du crime. Et qu'il y avait des empreintes.

— Ah bon ? murmura Marie d'une voix anxieuse, car elle commençait à comprendre.

— Et c'était les empreintes de Paul. Il a été arrêté, inculpé de meurtre.

Marie eut un bref instant d'incrédulité, mais quand son regard croisa celui de Pétronille elle comprit que c'était l'atroce vérité.

— J'en suis encore toute bouleversée, ajouta Pétronille en prenant un air affecté. J'ai préféré vous annoncer la mauvaise nouvelle plutôt que vous ne l'appreniez par d'autres. Les gens sont si peu délicats…

Marie porta ses mains à son visage et resta longtemps prostrée, incapable de dire un mot, d'exprimer la moindre pensée. Pendant ce temps, Pétronille ne perdait rien de sa peine. Elle jouissait de ce spectacle tant espéré. La douleur de Marie lui causait un tel bonheur qu'il lui sembla qu'Antoine lui murmurait des mots tendres à l'oreille, comme s'il avait été à ses côtés, visible par elle seulement. La douce sensation de reprendre ce que Paul lui avait volé faisait battre son cœur. Enfin, le soleil allait de nouveau briller !

— Que me racontez-vous ? demanda soudain Marie en hasardant un regard vers sa voisine, comme si elle redoutait que ce regard ne lui apprenne une vérité encore plus terrible que celle pressentie.

— Paul a été arrêté. Il est à la prison de Quimper en attendant d'être transféré à Brest ou ailleurs. L'instruction du procès sera très rapide, il refuse de se défendre. Il ne répond pas aux questions des policiers. Ni oui, ni non, ce qui est la pire manière de plaider sa cause.

Marie était abattue. Des larmes se formèrent aux coins de ses yeux et roulèrent sur ses joues. Elle mourait une seconde fois.

— Je ne sais pas si sa mère a été avertie…, ajouta Pétronille, qui regretta aussitôt sa question, redoutant que Marie ne finisse par douter de sa sincérité.

— Ce n'est pas mon souci, rétorqua Marie. Il faut que je voie Paul.

— Figurez-vous que le hasard fait bien les choses, et que c'est l'une des raisons qui m'ont amenée à venir vous voir On m'a fait comprendre qu'il n'était pas envisageable d'obtenir une visite en passant par la voie ordinaire. Or il se trouve que le directeur de la prison est mon cousin. À moi il l'accordera sûrement. Et j'ai pensé que vous seriez intéressée.

—Je vous remercie, répondit Marie en s'essuyant les yeux. Quand pourrons-nous y aller ?

— Avec mon cousin, tout peut aller très rapidement. Je l'ai contacté ce midi, et comme j'imaginais que vous souhaiteriez voir Paul au plus vite, j'ai demandé une autorisation pour demain après-midi. Je sais bien que pour le sauver, il ne faut pas perdre de temps. Comme vous, je ne crois pas qu'il soit coupable, mais comment expliquer la présence de ses empreintes sur l'arme du crime ? C'est ce qu'il devra nous dire.

Marie prit les mains de Pétronille dans un élan de reconnaissance.

— C'est vrai qu'on ne s'est pas beaucoup vues pendant ces années. Votre gentillesse me touche vraiment. Mais je ne me fais aucune illusion, Paul ne dira rien.

Un léger sourire passa sur le visage de Pétronille, une lumière courut dans son regard.

— Il faut que j'y aille, déclara-t-elle en se levant. Mes filles sont chez ma belle-mère, et elles n'ont pas fait leurs devoirs. On se retrouve demain vers quinze heures, devant la prison.

— Merci encore, dit Marie en embrassant Pétronille sur les deux joues. Ce que vous faites pour moi n'a pas de prix. Je vous en serai toujours reconnaissante.

Pétronille descendit l'escalier d'un pas léger. Elle attendit d'être montée dans sa voiture pour laisser éclater sa joie. Jamais elle n'avait été aussi heureuse. En elle, l'image d'Antoine s'animait, la poussait à aller toujours plus loin. « Je l'écraserai, murmura-t-elle en pensant à Marie. Je la ferai mourir elle aussi à petit feu. Je veux rayer de cette ville tout ce qui rappelle Benalec. »

Elle hésita à aller jouer la même comédie à la mère de Paul, puis renonça. Il ne fallait pas trop en faire. Odile serait mise au courant par un inspecteur de Brunet ou le commissaire lui-même. Elle récupéra ses filles et rentra chez elle. Là, elle s'assit devant la photo d'Antoine qui trônait dans son cadre doré au-dessus de la télévision, et murmura un mot d'amour.

CL 14

Une fois seule, Marie resta longtemps prostrée. Malgré tout le repassage en retard, elle ne quitta pas son fauteuil, incapable d'entreprendre quoi que ce soit.

Marie était assistante de direction dans une société de transports frigorifiques. Ses journées se terminaient souvent tard. Elle ne comptait pas ses heures, ne rechignait pas à rester au bureau le temps qu'il fallait pour boucler des dossiers urgents. Ainsi, personne ne lui faisait le moindre reproche lorsqu'il lui arrivait de s'absenter. D'ailleurs, avec son chef, M. Angel, elle entretenait des rapports cordiaux, presque amicaux.

Elle réfléchit jusqu'à la tombée de la nuit, ne réussissant pas à comprendre ce qui aurait pu pousser Paul à tirer sur M. Legyère. Cela lui ressemblait si peu. À mesure que les heures passaient, Marie fut confortée dans l'idée que le meurtre de M. Legyère était peut-être l'occasion de sauver Paul malgré lui. Un espoir insensé venait de se glisser en elle, lui soufflant les plus folles audaces.

Elle se dit que la mère de Paul pouvait être une alliée et qu'elle devait aller la voir. Marie n'ignorait rien du caractère inflexible d'Odile Benalec, ni de sa rancœur à l'égard de Paul. Les deux femmes ne s'étaient jamais bien entendues, mais les circonstances pouvaient les rapprocher. L'envie d'en découdre avec ce Dieu qui les condamnait l'une et l'autre à la solitude les pousserait à unir leurs forces et leur détermination.

Marie monta dans sa voiture et s'éloigna de la ville. Sur la route, elle se demanda si ce n'était pas un peu prématuré, mais, cédant à sa nature impatiente, elle poursuivit jusqu'à la petite maison de la banlieue de Quimper où elle était souvent venue avec Paul. Elle poussa le portail de bois blanc, monta les marches du perron et appuya sur la sonnette. La porte s'ouvrit. Odile ne put réprimer son étonnement en voyant Marie.

— Vous ? Qu'est-ce que vous me voulez ?

Sa voix était rude, agressive. Marie, sans un mot, la prit dans ses bras et la garda un instant pressée contre sa poitrine. C'était un geste un peu forcé, celui des condoléances. Odile se dégagea vivement.

— Qu'est-ce qui vous prend ? demanda-t-elle encore en braquant sur la visiteuse un regard dur.

— Donc, vous savez ! répondit Marie par une affirmation qui lui semblait évidente.

— Je sais quoi ?

C'était dit sur le ton de l'exaspération. Odile fit mine de s'éloigner pour mettre un terme à la conversation, mais Marie la retint, bien décidée à aller au bout de sa démarche.

— Paul a besoin de nous !

— Pourquoi aurait-il besoin de nous ? Il a beaucoup plus que nous pour le réconforter, il a son Dieu. Alors vous pensez bien qu'il n'a pas besoin de deux mortelles comme nous !

— Ce n'est pas vrai, répliqua Marie. Je connais Paul. Il ne s'est jamais remis de l'accident qui a coûté la vie à ses compagnons et à son frère. Son engagement dans les ordres n'est que le résultat de son suicide raté. Je suis certaine qu'il est innocent du crime dont on l'accuse.

Odile avait appris l'arrestation de son fils le matin même par le commissaire Brunet qui était venu la voir pour lui poser des questions sur l'enfance du prévenu. Elle l'avait reçu froidement, et le policier, comprenant qu'il n'en tirerait rien, avait coupé court à l'entretien.

— Vous savez comme moi qu'il est incapable de tuer quelqu'un, reprit Marie en s'animant. Il faut l'aider à prouver son innocence. Le commissaire m'a dit qu'il refusait de répondre aux questions. Il reste enfermé dans un mutisme total. Selon M. Brunet, Paul sait beaucoup de choses à propos du meurtre. Il connaît probablement le nom du meurtrier. Mais il refuse de parler à cause du secret de la confession.

— Entrez, dit enfin Odile en s'écartant pour laisser passer Marie.

Rien n'avait changé depuis le temps heureux où la jeune femme venait ici pour parler de son prochain mariage avec Paul. Elle entra naturellement dans le petit salon où l'odeur de cuir des fauteuils était toujours présente. Au-dessus du canapé, une photo agrandie montrait la famille au complet. Félix Benalec, le père, austère malgré son air absent, sa moustache déjà blanche et ses cheveux précocement gris qu'il portait longs, Odile, encore jeune et fringante mais le regard sévère, les deux garçons, debout devant les parents, Paul, déjà grand et fort, et Alexandre, le petit dernier, fluet, le visage fin. Marie s'assit en face d'Odile qui tendit la main vers la photo.

— Qu'est-ce qui me reste ?

Elle baissa les yeux. Un chat obèse vint se frotter contre ses jambes. Enfin, après un instant de réflexion, elle se tourna vers Marie qui avait respecté son silence.

— Qu'est-ce que vous voulez qu'on fasse pour cette tête de mule ? demanda-t-elle.

— Vous connaissez Paul, répondit Marie dont la question était surtout une affirmation.

135

Odile fit oui de la tête et précisa :

— Ne comptez pas sur moi pour prier, ce n'est pas mon genre. Et son Dieu nous a fait assez de mal à toutes les deux.

— On doit le sauver. À nous deux, on pourrait le persuader de parler.

Odile regardait son chat roux rayé de noir se vautrer sur le tapis. Elle en voulait à Paul mais ne supportait pas de le savoir en prison. Les journaux allaient parler de lui, le présenter comme un prêtre renégat, un meurtrier capable d'assassiner un homme dans le dos.

— Vous n'arriverez à rien, insista Odile. Je veux bien vous aider, mais Paul fera tout ce qu'il peut pour s'enfermer un peu plus.

— Je sais, murmura Marie. Pourtant, ce serait bien si vous acceptiez de venir le voir en prison avec moi. Pétronille, la femme d'Antoine Bernard, m'a dit qu'elle connaissait quelqu'un qui pouvait arranger une entrevue demain après-midi.

— Qu'est-ce que ça va changer ?

— Je l'ignore. Nous sommes ses seuls soutiens. Il doit savoir que nous sommes de son côté.

Marie regrettait d'exprimer un tel désarroi devant la mère de Paul. Mais elle mesurait l'immense détresse du prêtre et croyait entendre son appel.

— Je passerai vous prendre, dit-elle en se levant pour repartir.

Elle hésita, avant de préciser :

— Je n'ai plus rien à perdre, je le sauverai malgré lui.

Odile accompagna Marie jusqu'à la porte, puis descendit avec elle les marches du perron. Au portail, elle lui souffla :

— Vous avez raison, il faut l'aider ! Dites-lui que j'irai le voir, mais pas tout de suite. Il faut que je m'habitue.

Marie remonta dans sa voiture avec la certitude qu'elle venait de marquer un point déterminant. Odile aurait-elle pardonné à Paul ou pris conscience qu'il n'était pas aussi coupable qu'il le disait ?

Le lendemain, juste après le déjeuner, Pétronille vint chercher Marie en lui annonçant que tout était organisé pour une première visite. Le commissaire Brunet espérait que le curé craquerait devant Marie et lui avouerait ce qu'il refusait de dire aux policiers. Marie et Pétronille se rendirent à la prison de Quimper. Pétronille, vêtue sombrement mais élégamment, entra la première, presque souriante, devant une Marie plus réservée qui redoutait la confrontation avec l'homme qu'elle aimait. La salle des visites était coupée en deux par une grille qui allait du plafond au plancher. Les barreaux espacés permettaient le passage d'une main. Quand la porte du fond s'ouvrit et que Paul arriva encadré par deux policiers, Marie crut défaillir. Le premier regard du prisonnier alla à Pétronille, qui ne cilla pas. Un léger sourire crispait le petit visage rond de la veuve. Enfin, Paul se tourna vers Marie en s'approchant de la grille. Il tendit une main, prit celle de la jeune femme et la serra très fort.

— Paul, il faut que tu aides la justice ! supplia Marie. Je sais que tu es innocent !

— Tout le monde sait que vous êtes innocent, reprit Pétronille d'une voix forcée qui étonna Marie.

Mais Paul ne répondit pas. Il ne quittait pas Marie des yeux, comme pour lui dire ce qu'il ne pouvait exprimer par des mots. Pétronille voulut faire diversion :

— Paul, nous sommes avec vous !

Elle jubilait. Sa soif de vengeance chauffait son esprit et elle devait se surveiller pour ne pas éveiller les soupçons. Quand Paul la regarda, elle lui dit mentalement : « Je savoure ta détresse, elle est encore bien douce à côté de ce que tu m'as fait endurer. Tu vas croupir ici, tu seras anéanti, foulé aux pieds. Jamais tu ne t'en remettras. Moi, désormais, je peux vivre ! »

— Paul, insista Marie, il faut que tu me parles, que tu me donnes un indice, quelque chose qui permettrait de te tirer de là.

Paul se tourna et fit signe aux policiers qu'il souhaitait s'en aller. L'entretien était terminé. Marie était accablée. Près d'elle, Pétronille piétinait, comme impatiente, pressée de quitter ce lieu malsain. Marie lui prit les mains.

— Je vous remercie. Je l'ai vu, maintenant je sais ce qui me reste à faire.

— Il est vraiment étrange, vous ne trouvez pas ? fit semblant de s'inquiéter Pétronille. Pourquoi ne vous a-t-il pas parlé ?

L'éclair qui passa dans le regard de Pétronille échappa à Marie, perdue dans ses pensées. Les deux femmes rentrèrent à Concarneau sans échanger la moindre parole. Pétronille savourait sa victoire comme le plus doux des bonbons. Marie, de son côté, commençait à se demander pourquoi Pétronille Bernard en faisait autant alors que pendant six ans elle ne s'était jamais manifestée.

PIS

Le commissaire Brunet se rendit à la convocation du juge
d'instruction. Le dossier Legyère était vraiment mal engagé,
ce rendez-vous lui permettrait peut-être d'en empêcher la
clôture. Il entra d'un pas alerte. Le vent venait du nord. Le
fond de l'air était frais mais la journée serait lumineuse, une
de ces journées d'avant Toussaint qui annonce déjà l'hiver
et les frimas. Quelques nuages flottaient dans le ciel. Brunet
pensa à ses parents, tous deux retraités de l'administration,
qui vivaient dans une ferme retapée sur une colline boisée
du Perche. Puis, ses pensées s'arrêtèrent sur Marie Marchand.
Elle était venue plaider la cause de Paul Benalec ; elle l'avait
fait très maladroitement mais sa sincérité avait touché le
policier. Pour la jeune femme, Paul n'était pas un criminel.
Son engagement religieux, même s'il s'appuyait sur des
bases contestables, était sincère. Paul ne pouvait pas parler,
tenu par les obligations de sa fonction de prêtre : « Je suis
certaine, avait dit Marie avec une extrême clairvoyance, qu'il
a reçu quelqu'un en confession, peut-être le criminel lui-
même. Sinon, qu'est-ce qui l'empêcherait de clamer son innocence ? » Le commissaire avait jeté un regard intrigué sur
Marie. « J'ai lu tout cela dans ses yeux. C'est une certitude. Je
le connais bien, nous avons vécu plus de dix ans ensemble ! »
avait-elle ajouté.

Cette conversation avait convaincu le policier. Ses pressentiments sur l'innocence de Benalec trouvaient là une raison suffisante pour qu'il ne baisse pas les bras. Il ne pouvait pourtant rien prouver, rien démontrer, et c'était son handicap. Tout en longeant le couloir du tribunal qu'il connaissait si bien, il pensa au juge et savait déjà ce que cet homme austère, âgé d'une cinquantaine d'années, allait lui dire. Et il n'avait aucun argument à lui opposer. Face à ce magistrat de dix ans son aîné, Alain Brunet se sentait comme un élève devant le proviseur.

— Monsieur Brunet, dit le juge, le regard fixe durcissant un visage qui ne souriait jamais, je suis bien aise de vous voir pour enfin boucler ce dossier gênant qui concerne le curé de Sabrenat. L'évêché s'en inquiète et demande que tout soit réglé au plus vite.

— J'ai revu le prévenu, commença Brunet. Son mutisme est éloquent. Nous ne devons tirer aucune conclusion hâtive. Son ancienne compagne a la certitude qu'il ne peut pas parler parce qu'il est tenu par le secret de la confession.

— Cessons, je vous prie, de tergiverser. Nous avons des preuves qui l'accablent et nous pouvons nous passer de ses aveux. Ce n'est pas la première fois que je rencontre une telle situation. Les résultats de l'enquête sont là : nous avons la lettre de Paul Benalec à Legyère le sommant de lui rendre sa part de l'assurance après le naufrage, nous avons une conversation téléphonique entre les deux hommes où Legyère refuse de lui verser l'argent. Ensuite, et c'est le plus grave, nous avons relevé ses empreintes sur l'arme du crime. Que vous faut-il de plus ?

— Je ne sais pas, répliqua Brunet, mais j'ai malgré tout l'intime conviction que Benalec est innocent.

Le juge tourna lentement les pages du dossier ouvert devant lui. Il le ferma, attacha la ceinture qui l'entourait, comme pour bien montrer que sa décision était prise, et déclara :

— Pour moi, il n'y a rien à ajouter. L'évêché me demande la discrétion. Le procès en assises se tiendra dans peu de temps, nous allons accélérer la procédure. Tout est dit, je ne veux plus m'embarrasser l'esprit avec cette histoire. Chaque fois qu'un curé est mis en cause, les choses se compliquent au point que la justice finit par ne plus s'y retrouver.

Brunet n'insista pas. Il était venu pour demander un sursis, mais le ton tranchant du juge ne lui en laissait pas la liberté. Il se dit cependant que rien ne l'empêchait de continuer à enquêter. Le dossier bouclé, il pouvait toujours mener des investigations pour son compte et trouver l'élément qui allait innocenter Benalec. Mais par où commencer ?

Il décida de rentrer chez lui. C'était un mercredi et il devait emmener sa fille aînée à son cours de musique. Il remontait dans sa voiture quand son portable sonna. C'était Fabrice, son copain du laboratoire d'analyse de la police.

— Allô, Fabrice, tu as du nouveau ?

— Non, la recherche d'ADN que tu m'as demandée sur l'arme du crime n'a rien donné. À part celui de ton curé, il n'y en a pas d'autres.

— Bon. Je m'en doutais un peu.

Il n'avait toujours pas retrouvé la femme qui avait rendu visite à Benalec le soir de son arrivée, juste avant la tempête, et il n'avait aucun moyen de l'identifier. D'ailleurs, rien ne prouvait qu'elle avait une relation avec l'assassinat. Il avait longuement questionné Mathilde Laroch, mais il n'en avait rien tiré. Il avait convoqué les collaborateurs de la victime dont certains, pour se donner de l'importance, l'avaient conduit sur de fausses pistes. Les seuls à ne pas avoir d'alibi vérifiable étaient Éric Laroch, qui avait passé la nuit dans sa voiture, et Paul Benalec, qui refusait de parler. Il n'avait aucun élément nouveau. Il pensait à Marie, l'une des victimes de cette sordide affaire. Le commissaire ne pouvait s'empêcher de comparer cette belle femme brune à Brigitte, son épouse, qui travaillait au greffe du tribunal. Heureux en couple, il ne pouvait que mesurer la détresse de Marie, laissée sur le bas-côté de la vie.

À Sabrenat, il gara sa voiture près du presbytère. En le voyant marcher jusqu'à la fontaine tout en jetant un œil autour de lui, les gens se demandèrent ce qu'il pouvait bien chercher. N'était-il pas satisfait d'avoir arrêté le meurtrier de M. Legyère ? Que voulait-il ? Jugon se dit qu'une fois de plus les autorités ecclésiastiques avaient fait pression pour innocenter l'un des leurs. D'ailleurs, la pétition apportée à l'évêché avait été accueillie froidement.

Alain Brunet rendit visite à Marthe qui houspillait son petit-fils.

— Regardez, dit-elle au commissaire, quand il ne fait pas de bêtises, il passe des heures devant son ordinateur. Moi, j'avais dit que c'était pas une bonne idée de lui donner cet appareil. Ça le rend fou, et quand il sort il a besoin de se dépenser et de tout casser !

Le commissaire sourit et tapa sur l'épaule d'Amaury qui s'appliquait à piloter un bateau dans la tempête. Les vagues défilaient sur l'écran et le gamin avait trouvé la bonne manière de les affronter.

— Dis donc, mais tu es un véritable capitaine au long cours !

— Je suis capable de me sortir des pires tempêtes !

— Je vous dis, insista Marthe, ça le rend complètement fou. Moi, je sais que si on supprimait l'ordinateur, tout irait mieux.

Elle poussa un gros soupir, puis sortit de la pièce où l'enfant n'avait pas cessé de jouer. Brunet la suivit dans la cuisine.

— L'assistante sociale a trouvé une famille à poigne où il y a déjà deux garçons. Il va partir dans deux ou trois jours. Je vais me sentir bien seule, finalement.

— Je suis revenu vous voir pour vous parler de la personne que vous avez vue sortir de chez le curé, lança le commissaire. Cela n'a sans doute aucun rapport avec le crime, mais c'est peut-être une piste à explorer. Depuis l'autre jour, ne vous êtes-vous pas souvenue d'un détail, quelque chose qui me permettrait de l'identifier ?

— Non, répondit Marthe en secouant la tête. J'étais devant la porte pour attendre mon garnement. Quand il tarde ainsi, c'est qu'il a fait une bêtise. J'ai vu la femme sortir du presbytère. Elle était petite et menue, les cheveux courts. Elle a rejoint une voiture garée plus loin. C'est ce qui m'a étonnée. Pourquoi cette femme, qui était venue voir le curé, ne s'était-elle pas garée plus près, sur la place ? Quand elle m'a vue, elle s'est mise à courir. J'ai alors pensé qu'elle ne tenait pas à ce qu'on la voie ici. La voiture était une Clio, un ancien modèle, ça je l'ai bien vu. Elle devait être bleue ou verte, mais avec la lumière du lampadaire situé à plus de dix mètres, je ne peux pas l'affirmer.

— Et l'immatriculation, vous n'avez pas pensé à la relever, vous ne vous souvenez pas d'une lettre, quelque chose…

— Non, je n'ai rien vu. Je regrette maintenant de ne pas y avoir accordé plus d'importance.

— Cela ne nous avance guère. Des Clio de l'ancien modèle bleues ou vertes, il y en a beaucoup.

Amaury passa la tête par la porte et regarda longuement le policier, puis il repartit s'asseoir derrière son écran.

— Vous avez raison de penser que notre curé est innocent, ajouta Marthe. Moi, j'en suis certaine. Je l'ai vu tous les jours et je suis sûre de ce que je dis, même si je ne peux rien prouver.

— Nous en sommes tous là ! Pouvez-vous m'indiquer où était exactement la voiture dans laquelle est montée l'inconnue ?

Marthe prit son châle car le vent était frais. Elle emmena Brunet devant l'ancienne forge que des Parisiens avaient achetée et qu'ils étaient en train de restaurer. Il y avait là un tas de gravier sur le bord de la route, des planches et du matériel d'échafaudage posés sur un monticule de sable. Un peu plus loin, des sacs de ciment couverts d'une tôle ondulée jouxtaient un amas de parpaings.

— La voiture était là, près du sable. La femme a allumé les phares puis a fait une marche arrière d'un ou deux mètres. Enfin, elle est partie dans cette direction.

Alain Brunet se pencha sur le sol pour chercher d'éventuelles empreintes de pneus. La Clio verte ou bleue avait pris la direction de Pont-l'Abbé, mais cela ne signifiait rien. Elle avait pu faire demi-tour et traverser de nouveau le village sans que personne ne s'en aperçoive. Il inspecta le chantier dans l'espoir d'y découvrir des traces de peinture, mais rien, pas la moindre marque qui aurait donné une chance de remonter le fil.

Il remercia Marthe qui rentra chez elle en précisant qu'elle devait préparer le presbytère avant l'arrivée d'un nouveau curé que l'évêché n'avait pas tardé à nommer, pressé de tourner la page.

— L'ancienne compagne du père Paul va venir chercher ses affaires.

Alain Brunet prit le sentier des falaises. Il marchait en écoutant le cri des oiseaux et le bruit du vent. Il pensait à ce garage de la pointe du Raz et à son panneau : « Dernière station avant l'Amérique ». Tout en cheminant, il mesurait l'effet de ce bout du monde, cet infini derrière lequel se profilait le Nouveau Continent. Il avait l'impression de se trouver dans un sas, un hall d'entrée. Ici s'arrêtait l'Europe.

Derrière l'horizon, au-delà de cette eau brassée, se dressait l'Amérique qui hantait malgré eux l'imagination des gens de la côte.

Il arriva sur les lieux du crime, là où l'herbe et la bruyère avaient été foulées. Il se plaça à l'endroit où l'assassin avait dû tirer. Il remarqua soudain quelque chose d'anormal : le gamin disait avoir trouvé l'arme sous un rocher situé à droite. Mais pourquoi le meurtrier l'avait-il cachée là ? S'il avait voulu la faire disparaître, il l'aurait emportée ou jetée à la mer. Elle était donc là pour qu'on la trouve, pour qu'on accuse le prêtre dont les empreintes prouvaient qu'il l'avait manipulée. En considérant Benalec innocent, on pouvait naturellement en déduire que la visiteuse avait joué un rôle essentiel et que celle-ci s'était arrangée pour qu'il tienne l'arme dans ses mains. Là était probablement la clef du mystère. Mais comment faire admettre cette hypothèse au juge d'instruction, pressé de boucler l'affaire et de livrer un curé à la justice ?

Brunet retourna au village après avoir fouillé une nouvelle fois les alentours, inspecté les moindres brindilles. Il revenait bredouille mais avait acquis la certitude d'avoir un peu avancé, que tous ses efforts devaient se concentrer sur cette femme aux cheveux courts, aperçue au volant d'une Clio bleue, ou verte.

Il arrivait sur la place quand une voiture s'arrêta devant le presbytère. Une Clio de couleur bleu clair. Il sursauta en reconnaissant les deux personnes qui en descendirent : Marie et Odile. Les deux femmes, constatant que la porte était fermée, se dirigèrent vers la maison de Marthe. Celle-ci leur tendit un trousseau de clefs. Après un moment d'hésitation, Brunet s'approcha. Marie et Odile saluèrent le commissaire de police s'étonnant de le trouver là.

— Nous venons chercher les affaires de Paul, dit Marie. Un autre curé va être nommé dans les jours prochains, il faut faire place nette.

Marthe, qui ne se mêlait jamais des affaires des autres, se contenta de leur ouvrir la porte et retourna chez elle. Alain Brunet regardait intensément Marie qui montait l'escalier devant Odile, dont le pas sec résonnait sur les dalles. Il suivit les deux femmes qui inspectèrent le premier étage, passèrent de la cuisine à la salle à manger aux volets clos et dont l'odeur de renfermé montrait qu'elle n'était jamais utilisée. Dans le bureau, elles reconnurent le manteau de Paul accroché à un cintre, les papiers posés sur le maroquin. Odile feuilleta plusieurs livres ouverts et fit une petite grimace en constatant qu'il s'agissait des écrits de saint Augustin, posés à côté d'une bible. Brunet restait en retrait, observant Marie aller de la fenêtre à la porte, comme si elle réfléchissait. Elle s'arrêta net devant le violoncelle aux cordes coupées, le visage contracté. Cette réaction n'échappa pas au policier.

— Il va falloir rapporter ça au magasin, dit-elle d'une voix aigre. Et payer de nouvelles cordes.

Odile leva la tête et murmura :

— Finalement, je n'ai pas tout raté. Je l'ai contraint à apprendre la musique ; preuve qu'il en reste quelque chose !

Alain Brunet, qui n'avait rien perdu de la scène, pensa soudain que Marie avait la même silhouette que la femme sortie du presbytère le soir du crime, et que sa Clio pouvait être la voiture stationnée devant l'ancienne forge.

— Franchement, ajouta Marie sur le ton de la rancœur, comme s'il n'avait rien d'autre à faire. Paul ne sera jamais un curé comme les autres. Il a trop vécu.

— À qui appartient la voiture avec laquelle vous êtes venues ? demanda le commissaire.

— À moi, répondit Marie. Pourquoi ?

Brunet se tut et regagna la petite maison de Marthe. La vieille femme était en train de préparer son repas du soir. L'arrivée du commissaire sembla la contrarier.

— La voiture garée devant le presbytère pourrait-elle être celle que vous avez vue le soir du crime ?

Marthe tourna un regard étonné vers le policier.

— Qu'est-ce que vous voulez me faire dire ? Que la femme qui sortait de chez le curé est l'une de ces deux-là ? C'est ça que vous voulez me faire dire ?

— Je ne sais pas. Je m'interroge.

Brunet quitta Sabrenat mal à l'aise mais bien décidé à aller au bout de son raisonnement. Tout concordait : la voiture, la silhouette, et un comportement qui lui semblait tout à coup bizarre. Il regagna le tribunal d'instance et demanda à parler au juge. Celui-ci le reçut presque aussitôt mais ne cacha pas son agacement.

— Que me voulez-vous encore ? Je viens de boucler le dossier et je m'apprête à l'envoyer à la chancellerie.

— Ne faites pas ça. Je pense avoir une piste, dit Alain Brunet. En tout cas, laissez-moi le temps d'interroger l'ancienne compagne de Benalec. Nous l'avons toujours considérée comme une victime, une femme dont la vie a été brisée, mais peut-être est-elle plus que ça.

Le juge braqua ses yeux aux lourdes paupières sur le policier. Il se demandait ce que Brunet allait encore inventer.

— Je veux interroger Marie Marchand.

— Faites à votre guise, mais je doute que cela vous mène à quelque chose !

Dès le lendemain matin, Alain Brunet se rendit chez Marie, à l'heure où elle se préparait pour se rendre à son bureau. Le commissaire lui posa d'emblée une question dont dépendrait la suite de l'interrogatoire.

— Où étiez-vous le 15 octobre 2009, la nuit de la tempête et de l'assassinat de M. Legyère ?

Marie sourit et secoua la tête pour bien montrer qu'elle avait compris. Son regard s'alluma d'une lueur un peu espiègle.

— Ainsi, monsieur le commissaire, vous me soupçonnez ? Vous avez pensé que tout ce que j'ai pu vous raconter sur mes sentiments pour Paul n'était qu'une manière de cacher une vulgaire envie de me venger ? Je vous en veux du peu de considération que vous avez pour moi.

Brunet bredouilla un mot d'excuse puis répéta sa question.

— La nuit du 15, j'étais à Munich avec mon patron et trois de ses collaborateurs. Nous sommes en train de mettre en place une affaire là-bas. Vous pouvez vérifier. C'est vrai que je ferais une criminelle tout à fait convenable. Mais je ne comprends pas pourquoi vous ne m'avez pas posé cette question dès les premières heures de votre enquête. N'oubliez pas qu'une autre personne peut aussi avoir voulu se venger, sa propre mère, qui ne lui pardonnera jamais d'avoir causé la mort de son cher Alexandre.

Brunet s'excusa encore et ne retarda plus la jeune femme qui prenait son manteau. Il venait de se fourvoyer bêtement. En sortant, Marie lui dit en souriant :

— On se débarrasse difficilement de son éducation. Je suppose que vous avez été enfant de chœur. Alors, c'est vrai qu'il est difficile de condamner un curé. Mais je n'ai pas de conseils à vous donner, et je voudrais vous aider. Je sais que Paul ne parlera pas, qu'il restera muré dans son silence. Et c'est la preuve qu'il connaît la vérité. Je l'ai vu dans son regard. Malheureusement, c'est tout ce que je peux affirmer. Il se peut que vous ne trouviez jamais le meurtrier et que Paul soit condamné. Nous n'y pouvons rien et c'est bien là le drame, le mien et le sien.

Elle sortit, claqua la porte et descendit l'escalier jusqu'au parking. Brunet la suivit, se demandant si ça valait la peine d'aller questionner Odile Benalec. Il décida de retourner au tribunal et de faire part au juge de sa décision.

— Je ne peux plus agir, malgré ma profonde conviction. Vous pouvez boucler le dossier.

— C'est déjà fait ! On passe à autre chose.

p16

Amaury ne chercha pas à se défiler. Son départ était imminent, mais il ne remettait pas en cause son grand projet. Il avait obtenu la certitude qu'on lui laisserait son ordinateur et qu'il reviendrait à Sabrenat aux prochaines vacances de Toussaint, dans une dizaine de jours. La clef du *Sémillant* était toujours dans sa boîte de pastilles, bien dissimulée sous une pierre où personne n'aurait l'idée d'aller la chercher. Quelques jours supplémentaires d'entraînement lui seraient profitables.

Il s'en voulait d'avoir contribué à l'arrestation de Paul Benalec. S'il avait jeté le pistolet dans l'océan, comme la pensée lui en était venue, les policiers chercheraient encore un coupable. Il avait été tenté de dire ce qu'il savait, ce qu'il avait vu le soir de la tempête mais il avait renoncé. Ce qu'il préparait, son projet d'Amérique lentement élaboré, mis au point pendant des heures derrière son ordinateur, en dépendait. Le soir du crime, le gamin se trouvait dans le garage du presbytère. Le curé n'avait pas fermé sa voiture à clef et il était monté dans le véhicule. Il était resté très longtemps à la place du chauffeur, imaginant qu'il roulait à vive allure sur les routes du littoral… Puis, lassé, il était sorti au moment où une femme aux cheveux courts était entrée au presbytère. Il avait entendu des voix, et, curieux, avait plaqué son oreille contre la porte.

151

Le nouveau curé, nommé trois jours après l'arrestation de Paul, était un jeune séminariste noir, ce qui surprit tout le monde. Sa manière de joindre les mains et son parler onctueux déplaisaient aux Sabrenais. La nomination de Jules N'Mabok était un nouveau pied de nez de l'évêché, la preuve qu'on se moquait d'eux encore une fois. Après un curé criminel, voilà qu'on leur envoyait un curé étranger. Personne n'était raciste, certes, mais qui pouvait imaginer qu'un représentant de Dieu puisse être différent d'eux ?

Maintenant que son départ était imminent, Amaury ne faisait plus de bêtises. Mme Vouzac lui avait annoncé qu'il habiterait dans une ferme du côté de Quimper, qu'il prendrait le car tous les jours pour aller à l'école.

— Tu seras chez M. et Mme Blondin. Ils possèdent une grande propriété où ils élèvent des chevaux. Tu y seras très bien. Il y a deux garçons de la DASS et une petite fille de ton âge. Tu t'entendras bien avec eux. Tu pourras t'occuper des chevaux et devenir un bon cavalier.

Le jeune garçon ne s'intéressait pas aux chevaux mais il ferait semblant. Il allait continuer à piloter un bateau, à naviguer sur les mers les plus démontées. Il attendrait patiemment les vacances de Toussaint pour se lancer dans la grande aventure...

Quand l'assistante sociale et l'éducateur arrivèrent, Amaury eut un moment d'hésitation. Il était au pied du mur et redoutait sa nouvelle vie. Pourvu que tout se passe comme il l'avait prévu ! Mme Vouzac et Thomas, l'éducateur, saluèrent Marthe qui retenait ses larmes, autant parce que le départ d'Amaury représentait pour elle un nouvel échec que parce qu'il allait lui manquer. Pendant que les deux femmes vérifiaient le trousseau, Thomas s'approcha d'Amaury et lui sourit.

— Tu verras, tu seras très bien chez M. et Mme Blondin. Je viendrai te voir souvent. Et si quelque chose ne va pas, on arrivera toujours à s'arranger.

Le gamin jeta un regard froid à l'éducateur qui, malgré son allure sympathique, lui déplaisait. À cause de l'imminence de son départ vers l'inconnu, il se méfiait des belles paroles des uns et des autres. Amaury n'avait pas l'habitude des promesses.

— Tu auras deux copains, Théo et Hassan, et une petite copine, Louise.

Amaury s'en moquait. Il rêvait de l'Amérique, de plaines infinies, de troupeaux de buffles, mais pas de « copains ». Les autres l'avaient toujours déçu.

— Et puis, on te laissera ton ordinateur.

Quand Thomas lui avait offert cette petite machine, Amaury s'était moqué. Au début, il s'était contenté des petits jeux, puis il avait pris de l'assurance et était devenu un expert. Sa première victoire fut de se connecter à Internet en piratant la *box* de son voisin, Alfred Macchat, qui vendait du matériel de pêche. L'éducateur s'était félicité de son initiative : le garnement qui n'apprenait rien à l'école et dissipait sa classe avait acquis un niveau général que n'avaient pas ses camarades. En véritable autodidacte, Amaury aimait apprendre, mais sans maître.

— Ne vous en faites pas, tout va bien se passer, répéta l'assistante sociale pour rassurer Marthe. C'est dans son intérêt. Nous ne l'avons pas placé dans n'importe quelle famille. M. et Mme Blondin sont des gens solides, habitués aux enfants difficiles. Nous travaillons avec eux depuis longtemps et nous n'avons qu'à nous en féliciter.

— Peut-être, murmura Marthe en soupirant, et c'est vrai que je ne peux plus le tenir, qu'il est trop dur pour moi, pourtant…

— Vous n'avez pas à vous faire de reproches, Mme Pollet. Amaury a besoin de changer d'air. Il se retrouvera dans un groupe et devra apprendre à vivre avec les autres, c'est tout ce qui lui manque.

— Je le souhaite, murmura Marthe, mais je n'en suis pas sûre. Amaury est vraiment instable. Je sais bien que c'est à cause de son père… Parfois, je me dis que je suis coupable de tout ce malheur. Que je n'ai pas su élever ce pauvre Luc. J'ai passé ces années à me plaindre d'avoir perdu mon mari. Mais j'étais jeune quand il est mort !

Elle fit un signe de croix. Mme Vouzac connaissait bien le drame qu'avait vécu cette femme pleine de bonne volonté mais sans autorité. Thomas Jeurin s'était approché d'Amaury, resté dans son coin. Il jetait des coups d'œil rapides à la fenêtre et au carré de liberté que dessinaient les carreaux. S'il ne s'enfuyait pas, ce n'était pas parce qu'il se soumettait à la volonté des adultes, mais pour ne pas éveiller les soupçons sur son projet auquel il ne cessait de penser.

Thomas lui demanda quels étaient ses jeux préférés sur l'ordinateur. Le gamin détestait ce bellâtre bien coiffé et trop bien pensant. Trop poli, trop gentil. Il ne prit pas la peine de lui répondre. L'éducateur lui proposa :

— Tu me montres ce que tu sais faire avec ton ordi ?

Amaury pensait à Paul Benalec, à la musique du violoncelle. Mais aussi à une fusillade dans une rue, à Paris, à un homme qui tombait sur le trottoir dans une gerbe de sang. Il ne comprenait pas pourquoi le violoncelle évoquait pour lui l'assassinat de son père. Pourtant, depuis qu'il avait coupé les cordes de l'instrument, il lui semblait que la nuit l'enveloppait en plein jour.

Quand ce fut le moment de partir, Marthe s'étonna que son petit-fils se jette dans ses bras et l'embrasse avec effusion. Le garnement était aussi sauvage qu'un renard et avait l'art de se faufiler entre les grandes personnes, de disparaître quand il fallait faire la bise. En montant dans la voiture de l'assistante sociale, Amaury regarda le presbytère d'où sortait le nouveau curé, Jules N'Mabok. Il retint le fou rire qui lui secouait le ventre, un rire nerveux, plein de moquerie.

La voiture manœuvra et s'engagea sur la route. Plusieurs personnes étaient sorties sur le pas de la porte et regardaient Marthe agiter la main. Elle entra rapidement dans sa maison pour ne pas montrer ses larmes.

La voiture roula un peu plus d'une heure. Le paysage avait changé. Amaury, qui n'avait jamais quitté son village natal ni vu autre chose que le bord de l'océan, éprouvait une curieuse sensation en découvrant les terres cultivées où s'activaient des tracteurs occupés aux labours d'automne. Des prairies succédaient aux champs où des vaches paissaient dans un calme qui inquiétait le gamin.

— On va bientôt arriver, dit Mme Vouzac. Il faut que nous passions à mon bureau, je voudrais te parler de quelque chose.

— Ensuite, nous irons chez les Blondin, poursuivit Thomas. Tu vas voir, il y a beaucoup de chevaux, et des très beaux.

L'éducateur avait un sourire que le gamin n'aimait pas, un rictus qui lui soulevait les lèvres et découvrait ses dents mal plantées, une sorte d'invitation mièvre à bien se tenir, à ne gêner personne, à se résigner. Amaury serra son ordinateur contre lui.

À Quimper, la voiture parcourut des rues très encombrées. Amaury, qui avait beaucoup voyagé virtuellement, connaissait mieux les plaines du Far West que le bocage breton. Tout l'étonnait, le marché sur une place, les terrasses de café encore bondées alors qu'à Sabrenat, passé la fin du mois d'août, il n'y avait plus personne. La voiture entra dans une cour. Mme Vouzac invita Amaury à la suivre à l'intérieur d'un vaste immeuble aux larges baies vitrées, suivie de Thomas, dont le parfum donnait la nausée au gamin. Ils entrèrent dans un bureau. Mme Vouzac ferma la porte et fit asseoir Amaury. L'assistante sociale semblait chercher ses mots, comme si ce petit bonhomme qui serrait la sacoche noire contre lui était aussi imposant qu'un directeur. Elle connaissait surtout sa susceptibilité et mesurait combien la moindre contradiction pouvait le transformer en boule de colère. Elle devait pourtant s'acquitter d'une mission délicate :

— J'ai eu des nouvelles de ta maman, dit-elle. Elle souhaite te voir.

Le visage du garçon se contracta. Il prit l'aspect d'un chat qui s'apprête à griffer ou à mordre. Comme pour se rassurer, il palpa son ordinateur à travers la toile de sa sacoche.

— Moi, je ne veux pas, dit-il d'une voix calme et avec un aplomb qui étonna les adultes.

— Et pourquoi ?

— Parce que je veux pas.

Mme Vouzac n'insista pas.

— Alors, on y va ! dit-elle en prenant sa veste.

Ils remontèrent en voiture et quittèrent la ville. Un quart d'heure plus tard, le véhicule s'arrêta au milieu d'une vaste cour entourée de bâtiments gris aux ardoises bleues. Des poules et des canards s'enfuirent en caquetant. Au fond, une maison avec un grand balcon couvert par une glycine aux feuilles dentelées. Amaury remarqua les grosses tiges noueuses qui s'enroulaient autour de la rampe en fer rouillé. Elle lui faisait penser à un serpent monstrueux, une bête à tentacules capable d'étouffer les corps les plus robustes. Un chien aboya, courut vers les arrivants et se mit à leur faire la fête. Puis, une femme tirant un cheval par la bride sortit d'un bâtiment, sur la droite. Elle portait un pantalon et une veste d'homme. Ses cheveux gris, très courts, laissaient voir de minuscules oreilles. Elle sourit à Mme Vouzac.

— Vous nous amenez notre nouveau pensionnaire ? demanda Mme Blondin.

C'était une grande femme mal bâtie, avec des hanches étroites et une épaule plus haute que l'autre. Son visage buriné par la vie au grand air était couvert d'un duvet blanc qui donnait à ses joues un aspect peu net, presque sale. Un homme sortit à son tour du bâtiment, posa une main sur la croupe du cheval. Amaury remarqua son regard gris et triste, les poches sous ses yeux et l'aspect de grande fatigue de son visage rouge aux joues tombantes. Il souleva sa casquette, découvrant des cheveux blancs hirsutes.

— C'est donc Amaury, dit encore la femme en se penchant sur le gamin. Mais qu'est-ce que tu portes, donc ?

— C'est son ordinateur, précisa Thomas qui ne voulait pas être en reste. Amaury est un as en informatique.

— Et tu crois que tu n'as pas autre chose à faire ? asséna Monique Blondin sur le ton du reproche. Il faut aussi travailler à l'école, apprendre à lire et à compter. C'est plus important que l'ordinateur.

Puis, levant les yeux vers l'assistante sociale, elle ajouta en passant une main rapide sur ses cheveux courts :

— Vous croyez que c'est bien utile, ce genre d'appareil ?

— C'est moi qui ai trouvé cet ordinateur pour Amaury, précisa l'éducateur.

— C'est vrai que ça simplifie bien la vie, constata M. Blondin. Pour ma comptabilité et pour correspondre avec mes clients et mes fournisseurs. J'avoue que j'aurais bien du mal à m'en passer.

— Certes, insista Monique Blondin, tu as raison, Henri, mais pour un gamin de cet âge, je n'en vois pas l'utilité. Il va chercher des choses qui ne sont pas de son âge ! Enfin, puisque vous dites qu'il faut le lui laisser, je me plierai à votre volonté. Mais il ne faudra pas m'en tenir rigueur s'il fait des bêtises avec ça.

— Ne vous faites pas de soucis ! la rassura Mme Vouzac. De toute façon, Amaury n'a pas accès à Internet.

Amaury pinça les lèvres. Cela faisait longtemps qu'il se connectait à Internet avec les installations des voisins et ferait de même ici, sans rien dire à personne. Il décida qu'il aimait bien Henri Blondin et qu'il détestait Monique.

Le vieux chien tournait toujours autour de lui.

— C'est Ballotin. Il va sur ses quatorze ans. C'est une bonne bête, dit Henri.

— Bon, tu prends ta valise et je vais te montrer ta chambre, poursuivit Monique en caressant le cheval, qui s'impatientait. Ici, on ne perd pas de temps. Ce soir, quand ils vont rentrer de l'école, tu feras connaissance avec tes camarades, Théo, Hassan, et Louise, une petite bien maigrichonne et qui pleurniche toujours. Mais ça va déjà un peu mieux.

Ils entrèrent dans la grande maison. La salle de séjour était meublée d'une grande table, de fauteuils, d'un vaisselier. À l'étage, un couloir donnait sur plusieurs petites pièces dont le plancher craquait atrocement à chaque pas, des chambres alignées comme dans un internat. Monique Blondin entra dans l'une d'elles, indiquant que ce serait celle d'Amaury.

Quelques instants plus tard, Mme Vouzac et Thomas prirent congé, laissant Amaury un peu désemparé. C'était la première fois qu'il se sentait aussi fragile, aussi vulnérable. À Sabrenat, il pouvait fuir vers les falaises, crier à pleins poumons face à l'océan. Ici, dans cet environnement étranger, loin des grands espaces marins, il se sentait prisonnier, perdu.

— Bon, tu poses ton ordi dans ta chambre et tu viens avec moi. Je vais te montrer les chevaux et tu aideras Henri à leur donner à manger.

Ça ne lui déplaisait pas. À son arrivée, il avait observé le cheval que Mme Blondin tenait par la bride. C'était un bel animal, mais Amaury ne comprenait pas qu'une telle masse de muscles, une telle force de la nature se laisse asservir par une femme qu'il aurait pu terrasser d'un coup de collier. Ils descendirent dans la cour. Une cavalière à l'allure frêle sortit de l'écurie, en selle sur un énorme animal qui prit le chemin des champs. Le chien se mit à aboyer. Monique le réprimanda et il se tint à distance, puis il vint lécher la main du gamin qui en éprouva un grand réconfort. Amaury redoutait surtout l'arrivée des deux garçons qui devaient avoir deux ou trois ans de plus que lui.

Il s'attacha aux pas d'Henri Blondin. Ce paysan tranquille allait d'un box à l'autre en sifflotant. Son regard exprimait un peu celui du vieux chien, soumis, mais son attitude, toujours la même, montrait qu'il gardait beaucoup de choses pour lui, que Monique Blondin menait la maison et l'affaire, mais que lui, sous une apparente indifférence, savait aussi imposer ses vues quand c'était le moment.

— Alors, comme ça, tu aimes les ordinateurs ? demanda Henri, qui ne savait pas quoi dire à ce gamin que l'on avait présenté comme une furie et qu'il découvrait très calme.

— J'adore.

— Pour moi, c'est toujours compliqué. Je ne comprends pas tout et souvent je me trompe. Et les chevaux, tu aimerais t'en occuper ?

— Je ne sais pas.

La conversation en resta là. Henri disposait de la paille dans les box, passait l'étrille sur le poil des chevaux et les flattait du plat de la main. Amaury restait dans l'allée, incommodé par la forte odeur qui régnait dans le local. Comme Henri ne s'occupait pas de lui, il sortit dans la cour. Ici, l'automne avait plus de couleurs qu'à Sabrenat. Les feuillages

d'un beau jaune et d'un rouge éclatant donnaient aux collines un relief inattendu. Il eut tout à coup envie de suivre
le chemin qui s'enfonçait entre deux haies vers la forêt et
les prairies que le soleil éclairait d'une lumière diffuse. Un
car arrivait sur la route départementale en direction de la
maison des Blondin, isolée du reste du village dont on apercevait le clocher entre les arbres. Le car s'arrêta devant le
portail toujours ouvert sur la cour et le manège en retrait.
Amaury vit deux garçons en descendre, d'abord Théo, un
petit Asiatique à la tête large, puis Hassan, un grand Africain de treize ou quatorze ans. Il aperçut enfin une fillette à
peu près de sa taille, aux longs cheveux noirs bouclés, le
regard triste. Très maigre, elle semblait ne pas toucher le sol
malgré son sac trop lourd pour ses frêles épaules. Amaury
eut envie de s'enfuir quand les deux garçons s'approchèrent
de lui. Théo lui tendit la main. Hassan resta en retrait.

— C'est toi le nouveau ?

Cette manière de lui parler ne plut pas à Amaury qui fit
sa grimace de fouine en colère. Hassan lui tendit à son tour
un bras très long. Ce garçon filiforme était tout en hauteur
et en membres. Son torse minuscule surmontait des jambes
qui semblaient aussi mal assurées que des échasses. Les deux
garçons, n'ayant rien à ajouter au « nouveau », traversèrent
la cour et entrèrent dans la maison. Amaury demanda à la
petite fille, qui n'avait pas suivi Théo et Hassan :

— Et toi, tu ne vas pas goûter ?

— J'ai pas faim. Je déteste manger. J'ai jamais faim et
Monique me force à manger. Alors, souvent, je vais vomir.

— Ils ont l'air très gentils, tes deux frères !

La fillette prit un air offusqué et, posant son sac devant
elle, dit sur le ton du reproche :

— C'est pas mes frères. C'est des enfants que Monique
garde, comme moi, et comme toi. Ils sont toujours en
train de se disputer, mais pour me faire des misères, ils

s'entendent toujours. Je les déteste, surtout Théo. Il est méchant et Hassan, qui est pourtant aussi grand qu'un homme, lui obéit toujours. Méfie-toi de Théo, il te fera de grands sourires pour te frapper par-derrière.

— Et Mme... Mme Monique laisse faire ?

— Elle s'en fout. On peut se battre, c'est pas son affaire. Elle s'occupe mieux de ses chevaux que de nous. Elle veut seulement qu'on mange ! Et quand je pleure parce qu'ils m'ont battue, elle me dit que j'ai qu'à me défendre.

Tout en parlant, ils marchaient à travers la cour où les poules picoraient du grain que la fermière venait de leur lancer à la volée. La cavalière qu'Amaury avait vue partir à cheval venait juste de rentrer. Elle posa le pied à terre devant les enfants à qui elle adressa un sourire. Ils pénétrèrent dans la maison. La fillette monta à l'étage, suivie par Amaury qui voulait récupérer son ordinateur. À la porte de sa chambre, il s'arrêta net. Théo et Hassan, assis sur son lit, avaient réussi à démarrer sa machine. Théo pianotait sur le clavier tout en suivant les images sur l'écran. Amaury ne put retenir son cri aigu qui trancha avec le silence de la vieille bâtisse.

— Laissez ça ! C'est à moi !

Il se jeta sur Théo qui, surpris, bascula. Amaury s'empara de l'ordinateur et courut vers la porte. Hassan se dressa, prêt à le poursuivre.

— C'est mon ordi. Personne n'a le droit d'y toucher !

— Tu peux bien nous le prêter, dit Hassan d'une voix déjà virile.

— Non, je ne le prête à personne.

Amaury dévala l'escalier quatre à quatre, poursuivi par les garçons qui le regardèrent courir à travers la cour. Ils n'avaient pas l'intention de le rattraper, certains qu'ils finiraient par avoir gain de cause. Amaury s'engouffra dans l'écurie, heurta Henri qui distribuait de l'avoine aux animaux.

— Eh bien, qu'est-ce qui te prend ? Tu as eu peur des chevaux ?

— Non, répondit Amaury, mais je ne veux pas que les autres se servent de mon ordi.

Henri jeta un regard amusé vers le garçon qui serrait son trésor contre lui.

— Tu veux dire Théo et Hassan ? Ça, c'est sûr qu'ils vont tout faire pour l'avoir un peu.

— Je veux pas.

Henri alla vider du grain dans la mangeoire d'un des chevaux qui se mit à agiter sa queue en guise de satisfaction.

— Tu y tiens drôlement à ton ordinateur. Tu lui as donné un nom ?

Le gamin fut surpris par cette question. Il n'avait jamais pensé donner un nom à son ordi, et pourtant il en comprenait tout à coup la nécessité. Ce n'était pas une simple machine, mais son ami, son confident qui savait tout du monde, comme un grand frère.

— Je l'appelle Paul !

Il s'étonna de sa réponse. Pourquoi l'avait-il appelé Paul ? Après tout, il n'avait pas envie de se poser des questions. C'était Paul, un point c'est tout. Paul était un très beau prénom, bien plus joli qu'Amaury, Théo ou Hassan. Oui, Paul, c'était très bien. La pensée du curé sortant du presbytère avec les menottes s'imposa alors à son esprit.

Il revint dans la cour. D'une fenêtre ouverte à l'étage, il entendit Hassan et Théo qui bavardaient dans une chambre. Louise sortit de la maison et traversa la cour accompagnée de Ballotin qui trottait dans ses jambes. Amaury les rejoignit. Les grands yeux tristes de la fillette l'attiraient. Lui qui cassait tout, dont les colères étaient si soudaines et d'une violence inouïe, n'était pas tellement différent de la gamine

162

qui acceptait tout, qui baissait la tête, victime désignée parce que sans défense.

— Ils vont essayer de te reprendre ton ordi. Ils ne comprennent pas que tu en aies un et pas eux, alors ils vont t'obliger à partager.

— Jamais. Je ne peux pas partager Paul.

Louise lui jeta un regard curieux où l'on sentait la moquerie prête à jaillir.

— C'est son nom ?

— Oui, c'est son nom. Je l'ai toujours appelé comme ça, mentit-il, et puis ça lui va bien.

— C'est un nom de vieux !

— Qu'est-ce que tu racontes ? C'est le nom d'un marin pêcheur qui est très fort. C'est très joli, Paul.

Louise n'insista pas. Elle rejoignit Monique qui sortait du bâtiment abritant le clapier. La fillette emboîta le pas à la femme. Celle-ci demanda à Amaury :

— Tu viens avec nous ? On va couper de l'herbe pour les lapins. Mais laisse donc ton ordinateur à la maison. T'as pas besoin de ça tout le temps.

— Non, je veux pas le laisser !

— Les autres veulent le lui prendre, expliqua Louise.

— Et alors ? répliqua Monique. Même si tu le leur laisses un peu, c'est pas très grave. Il faut prêter ses affaires !

— Non, répliqua vivement Amaury. Je ne le prêterai pas.

Il redoutait surtout que les deux maladroits le cassent ou qu'ils regardent ce qu'il écrivait, ses dessins, les jeux qu'il inventait, autant de choses qui dévoileraient le véritable Amaury.

— Non, je le garde avec moi !

— Toi, mon petit, il va falloir que tu apprennes à partager, sinon on ne s'entendra pas !

Ch 17

Le lendemain était un samedi. Théo et Hassan passèrent la matinée dans leur chambre où ils étaient censés faire leurs devoirs. Louise resta avec Monique afin de l'aider dans les tâches matinales : donner à manger aux poules et aux lapins, recevoir les clients qui venaient emprunter un cheval pour une randonnée. Amaury s'attacha aux pas d'Henri dont il aimait la nonchalance. L'homme s'occupa de ses chevaux et emmena au pré un troupeau de moutons avant de regagner la pièce qu'il appelait son bureau. Il s'assit devant l'écran de son ordinateur et se mit à pianoter pour imprimer des factures. Amaury ne perdait pas un détail de la manipulation. Il avait posé le sien sur une étagère et brûlait d'envie de se connecter à Internet. Mais pour cela, il devait relever le numéro de la *box* d'Henri.

Après avoir imprimé ses factures, le cultivateur voulut consulter les tarifs d'un fournisseur de céréales. Amaury remarqua sa lenteur, ses hésitations, mais surtout sa maladresse. Tout à coup, après avoir tapé à plusieurs reprises sur la même touche, il s'écria :

— Eh bien, ça y est, il a encore planté !

Amaury attendait cet instant. Un léger sourire éclaira son visage. Henri pestait contre sa gaucherie et cette maudite machine qui se bloquait à la moindre erreur.

165

L'homme se tourna vers le gamin.

— Tu as vu ? Il suffit que je tape sur une mauvaise touche et c'est fait, il ne veut plus marcher. Et si je l'arrête, je vais perdre tout ce que j'ai fait !

— On n'a pas besoin de l'arrêter !

Henri tourna un regard curieux vers lui.

— Tu sais faire, toi ? demanda-t-il sur le ton de l'incrédulité.

Amaury était rouge de bonheur. Le vaurien qui avait menacé les Sabrenais avec une arme était à cet instant un petit garçon docile et poli.

— Je crois bien que oui.

Il atteignit le comble de la félicité quand Henri se leva de son siège pour le laisser s'asseoir à sa place. C'était une marque de confiance qu'aucun adulte ne lui avait jamais témoignée. Il n'osait cependant pas toucher le clavier. Henri lui demanda, marquant une impatience qui était aussi une forme de complicité :

— Alors, qu'est-ce qu'il faut faire ?

Amaury appuya sur des touches et plusieurs fenêtres s'ouvrirent sur l'écran. Il pianota encore un peu, et la page d'Henri se débloqua.

— Toi alors ! Comment as-tu fait ?

— Ben, c'est simple !

Amaury avait pu accéder à des sites où on expliquait comment réparer les erreurs et télécharger les logiciels dont on avait besoin. En un mot, il avait appris l'informatique de base sans l'aide de personne. Le cancre de l'école qui n'arrivait pas à retenir trois lignes de poésie, qui ne savait pas faire une division, se débrouillait mieux que tout le monde avec cet outil moderne qui le passionnait.

— Franchement, tu m'en bouches un coin ! Qui t'a montré ?

— Personne. Il suffit de chercher sur Internet. On trouve tout, même la manière de réparer son ordi !

Amaury n'était pas prêt d'oublier cette journée. Il eut droit aux félicitations d'Henri devant tout le monde. Théo et Hassan le regardaient avec envie et dissimulaient mal leur jalousie. Il n'était pas question de laisser le petit nouveau prendre toute la place. Théo avait son idée pour le rendre inoffensif.

Au soir du deuxième jour, Monique et Henri Blondin, ravis de voir Amaury plus à son aise, appelèrent Mme Vouzac pour lui annoncer la bonne nouvelle. Le garnement violent et coléreux était devenu calme et docile. Cependant, l'assistante sociale ne manqua pas de les mettre en garde : le garçon dissimulait fort bien ses humeurs, jusqu'au jour où ses colères éclataient sans raison apparente. Monique Blondin avait bien remarqué ses gestes brusques, ses grimaces, ses paroles saccadées qui trahissaient une excessive nervosité ; il fallait sûrement peu de chose pour libérer l'énergie excessive que ce corps maigre gardait en lui. Monique avait accueilli beaucoup d'enfants difficiles, et elle avait généralement réussi à améliorer leur comportement, aussi restait-elle optimiste. Les jours suivants, elle observa Amaury pour mieux cerner son caractère, mais il ne se livra pas, ou si peu. Il ne participait pas aux conversations avec Théo et Hassan, préférant la compagnie de Louise, ou bien il restait dans son coin, comme s'il n'était que de passage. Comme un voyageur sur un quai regardant les voies désertes.

Dès le lundi matin, Amaury se rendit à l'école avec les trois autres pensionnaires. Ils devaient prendre le car qui les conduisait à Châteauneuf-du-Faou. Ce détail du quotidien lui montrait que les grandes personnes avaient décidé qu'il serait ici pour longtemps et qu'il ne retournerait à Sabrenat que pour les vacances scolaires. Pourtant, l'océan lui manquait, son rêve d'Amérique ne trouvait pas ici l'espace et l'horizon nécessaires à son épanouissement. Il aimait tant courir sur les sentiers, sentir la bruyère lui fouetter les mollets, s'arrêter en haut de la falaise, écouter la rumeur du large et, à travers elle, les bruits du continent rêvé que lui cachait l'horizon. Il aimait tant suivre des yeux le vol des mouettes parties pour le grand voyage. Il était de la race des marins. L'odeur de la terre labourée lui soulevait le cœur. Sa grand-mère aussi lui manquait. Ses colères constantes contre la vieille femme étaient la marque d'un attachement qu'il ne savait pas exprimer autrement. Les voisins, la place du village, l'église, tout lui manquait. Heureusement qu'il n'était qu'en transit, et que les vacances de la Toussaint commençaient dans une semaine et demie.

Sa première journée d'école se passa à peu près bien. Amaury avait été présenté au maître comme une furie qu'il fallait ménager. L'instituteur ne voulait pas d'histoires. Le devenir de ce petit écorché vif et celui de ses trente élèves ne comptaient pas pour lui. Seuls sa petite vie tranquille, son potager à entretenir et ses deux filles à choyer avaient de l'importance à ses yeux.

Le soir, les quatre pensionnaires des Blondin revinrent sagement ensemble. Monique commença à se dire qu'elle était une excellente éducatrice, que chez elle les tensions s'apaisaient grâce à l'environnement rassurant de la ferme. Elle appela encore Mme Vouzac pour lui exprimer une nouvelle fois sa satisfaction. Amaury se montrait aussi doux qu'un agnelet.

— Je vous souhaite que ça dure !

Monique Blondin, qui aimait bien se mettre en valeur et jouer à la femme de décision, suggéra :

— Je crois que vous aviez prévu de le ramener chez sa grand-mère pour les vacances de la Toussaint. Je ne suis pas sûre que ce soit une bonne idée. Il vaudrait mieux qu'il reste là, qu'il s'habitue complètement à son nouvel environnement avant de retrouver son milieu.

Mme Blondin ne perdait jamais le sens des affaires, les services sociaux lui versaient le montant de la pension, mais ils n'oublieraient pas de retenir les journées où l'enfant était ailleurs.

Pourtant, malgré les apparences, Amaury n'avait pas changé. Un soir, après l'école, il partit avec Louise au bord de la mare pour observer les poissons. Ils étaient tous les deux tapis dans les joncs, traquant les taches jaunes et ocre des carassins dans l'eau trouble. Des grenouilles endormies sur les feuilles fanées des nénuphars profitaient des derniers rayons du soleil. Louise était transparente et ne contrariait pas le garçon. Avec elle, il ne dissimulait rien, alors qu'avec Théo et Hassan il éprouvait le besoin de faire le malin, de montrer sa supériorité dans les jeux avec son ordinateur ou la Nintendo de Théo. Les deux garçons étaient vraiment mal assemblés. Théo, tout en rondeurs, peu bavard, sournois, comprenait tout ; Amaury, qui rechignait à lui prêter son ordinateur, avait senti en lui un rival. Et s'il n'y prenait garde, Théo serait vite aussi fort que lui. Hassan, en revanche, ne rêvait que de sport, de football et de tennis. Il travaillait mal au collège et les réprimandes de Monique ne changeaient rien à son comportement. Paresseux, il préférait taper dans un ballon au milieu de la cour plutôt que de faire ses devoirs. Après un moment de méfiance, certains qu'Amaury ne gênerait en rien leurs habitudes, les deux garçons ne s'étaient plus préoccupés de lui.

Amaury et Louise étaient donc accroupis entre les roseaux, au bord de la mare. Les premiers poissons remontaient timidement à la surface. La fillette souffla à l'oreille d'Amaury :

— Ils avalent de la lumière pour refaire leurs couleurs.

Amaury ne pensait à rien. Depuis un instant, il venait de repérer une poule d'eau terrée tout près de lui, d'une couleur si semblable aux herbes sèches qu'elle se fondait parfaitement dans les brindilles. Au bout d'un moment, le ballet des poissons l'agaça. Le garçon fit un geste brusque et ils disparurent dans les profondeurs floues. Louise voulut protester, puis elle remarqua que la poule d'eau était blessée. Amaury avança ses mains ouvertes vers l'oiseau qui hérissa ses plumes, et le saisit d'un geste rapide. Louise tendit la main.

— Laisse-moi la caresser !

Le regard d'Amaury avait pris cet air froid et cruel que la fillette n'avait jamais remarqué, celui du félin qui tient sa proie. Elle eut peur, tout à coup.

— Qu'est-ce qui te prend, Amaury ?

L'enfant ne répondit pas. Il regardait la poule d'eau, sa petite tête surmontée d'une crête écrasée, son bec très jaune, et ressentait les tremblements du petit corps chaud. Une irrésistible frénésie s'empara de lui, vida son esprit. Une lueur rouge voila son regard. Ses mains, qui enserraient l'oiseau, se crispèrent. Il serra de toutes ses forces, concentré sur la cage thoracique qui se vidait de son air. La poule d'eau ouvrit le bec, tenta de se débattre, mais Amaury, qui avait l'habitude de ce genre d'exercices, ne lâcha pas prise. Louise s'écria :

— Mais qu'est-ce que tu fais ?

Il ne répondit pas. La tête de la poule, dans un dernier soubresaut, s'affaissa et roula sur le côté. Louise resta en retrait, horrifiée, ne trouvant pas les mots pour qualifier cet acte monstrueux.

— Mais, tu l'as étouffée ? dit-elle enfin, offusquée.

— Et alors ? Elle a une patte et une aile cassées, elle n'aurait pas passé la nuit.

— Mais c'est horrible, comment tu as pu…

Amaury fixa sur la fillette un regard cruel. Elle eut peur et s'enfuit. Le garçon posa l'oiseau mort à l'endroit où il l'avait capturé. Pourtant, il ne poussa pas son habituel cri de haine. Il regarda le cadavre et se sentit tout à coup très triste.

Monique l'attendait dans la cour. Amaury passa à côté de la fermière, entra dans la maison où elle le suivit. Cette forte femme croyait en la vertu des bonnes corrections. Elle se planta devant Amaury et lui demanda ce qu'il avait fait. Le gamin, la tête basse, ne répondit pas. Une paire de gifles claqua.

— On ne tue pas les animaux quand ce n'est pas nécessaire. C'est malsain. Qu'est-ce qui t'a pris de faire ça ?

Amaury, toujours silencieux, reçut les coups, sans dire un mot. Il ne chercha même pas à s'enfuir.

— Tu vas monter dans ta chambre et tu n'en sortiras que quand je te le demanderai.

Elle le poussa dans l'escalier sous les regards ravis de Théo et d'Hassan. Louise, elle, n'avait pas bronché. Monique Blondin claqua la porte qu'elle ferma à clef, étonnée que le gamin n'ait exprimé aucune protestation. Il avait reçu la correction sans réagir, preuve de son caractère bien trempé. Elle découvrait un enfant peu malléable, mais elle ne doutait pas de l'efficacité de ses méthodes.

— Tu es privé d'ordinateur, cria-t-elle à travers la porte. Je le confisque et tu n'es pas près de le retrouver.

Assis au bout de son lit, Amaury ne semblait pas avoir entendu. Mme Vouzac avait insisté sur sa violence, ses incessantes provocations. À Sabrenat, il cassait les vitres de l'école, rayait la peinture des voitures, lançait des pierres aux passants. Monique mettait cela sur le compte de la faiblesse de Marthe. Ici, Amaury avait très bien compris qu'il ne gagnerait pas et filait doux. Le lendemain matin, à l'heure habituelle, lorsque Monique alla réveiller le garçon qu'elle trouva couché tout habillé sur son lit. Il dormait, pelotonné comme un chat. Elle le secoua, il ouvrit les yeux et se leva sans un mot. Il enfila ses vêtements et descendit prendre son petit déjeuner en compagnie des autres. Théo leva sur lui un regard amusé, presque moqueur. Hassan, dans sa bonté de garçon simple, lui serra la main, comme pour exprimer une solidarité ordinaire en pareille circonstance.

Louise, en retrait, ne lui dit pas un mot. Dans la matinée, Monique Blondin alla voir l'instituteur et lui raconta ce qui s'était passé. L'enseignant la laisser parler puis donna son point de vue :

—J'ai pu constater qu'il savait des tas de choses, qu'il s'intéressait à des sujets beaucoup trop compliqués pour un enfant de son âge. Franchement, il me semble qu'un rien, qu'un grain de sable bloque cet esprit d'une intelligence sûrement bien au-dessus de la moyenne.

Les deux éducateurs en déduisirent que le gamin était sur la bonne voie et qu'une fois de plus, l'éloignement avait eu raison d'un caractériel jugé irrécupérable.

Ch 18

Grâce à Pétronille, Marie put rendre plusieurs visites à Paul qui ne refusait pas de la voir. Il s'approchait d'elle, prenait sa main tendue, la serrait très fort, sans un mot. La jeune femme avait adopté son mutisme et se contentait de le regarder longuement. Souvent, Paul baissait les yeux parce qu'il savait que Marie y lisait ses pensées les plus secrètes.

Désormais, Marie avait retrouvé son aplomb et sa force de caractère. Elle avait compris que Paul l'aimait toujours, que son engagement religieux avait mis un terme à leur vie commune mais sûrement pas à leur amour. Elle était prête à l'admettre, mais voulait être certaine que Paul ne trichait pas avec lui-même, qu'il ne s'était pas enfermé dans sa foi pour fuir sa honte et expier ce qu'il considérait comme un crime.

Elle s'était rapprochée du commissaire Alain Brunet en qui elle avait découvert un homme attentif, honnête et décidé. Mais comment démasquer le meurtrier sans détenir la moindre preuve, et surtout avec un prévenu qui refusait de se défendre ?

— Vous avez eu raison de me soupçonner, déclara Marie. Vous avez ouvert une nouvelle voie, celle de la vengeance non pas contre Legyère, mais contre Paul. Il se peut, en effet, que quelqu'un après le drame ait voulu profiter de son nouvel engagement religieux pour le détruire et lui faire payer la mort de ses trois hommes d'équipage.

Brunet avait reçu Marie dans un café proche de son commissariat. Il avait commandé une bière pression et sirotait son verre en observant la jeune femme qui portait sa tasse de café à ses lèvres mais la reposait sans boire, comme pour éprouver la température du liquide. C'était assurément une belle brune, avec son visage ovale, ses traits réguliers, et un nez légèrement retroussé qui donnait un peu de fantaisie à son sourire. Après avoir voulu en faire une coupable possible, il mesurait combien sa collaboration serait précieuse. Le dossier étant bouclé par le juge d'instruction, rien ne pourrait arrêter la machine judiciaire. Le procès aurait probablement lieu avant la fin de l'année, dans la plus grande discrétion puisque l'évêché avait insisté pour qu'on évite toute publicité qui éclabousserait l'ensemble de l'Église.

— Depuis le début, je me dis qu'il manque quelque chose, presque rien, un détail. Si j'avais pu retrouver la femme venue au presbytère le soir du meurtre, je pense que j'aurais avancé, car on peut supposer que cette femme s'est arrangée pour que Paul laisse ses empreintes sur l'arme qui a tué Legyère. Mais là, nous sommes bloqués.

— Je suis de plus en plus persuadée qu'il s'agit d'une vengeance tournée contre Paul. Et la liste de ceux qui peuvent lui en vouloir n'est pas si longue.

— J'ai épluché les affaires de Legyère. Son défaut, c'était d'aimer les femmes et de ne pas leur plaire. Ceux qui l'ont connu disent qu'il était ennuyeux et ne savait parler que d'argent. C'est par le chantage qu'il avait réussi à obtenir les grâces de Mathilde Laroch. Une fille sûrement honnête, mais qui n'a pas beaucoup de cervelle.

— La personne qui s'est débrouillée pour que Paul tripote le pistolet et y laisse ses empreintes est rusée. J'ai beaucoup réfléchi à la question, affirma Marie.

Brunet vida son verre et le reposa lentement devant lui. Un paquet de mousse glissa sur la paroi. Il le regarda se fondre dans le restant du liquide, d'une belle couleur pleine de lumière. Marie avait le visage sérieux que les clients de sa société connaissaient.

— La chancellerie a le dossier. Désormais, nous ne pourrons plus arrêter le cours de la justice si nous ne sommes pas capables d'apporter un élément déterminant prouvant l'innocence de Paul, reprit Brunet. Une preuve irréfutable qui confondrait le coupable.

— Pour moi, Legyère a été tué parce que c'était l'occasion, la facilité, poursuivit Marie. Un autre aurait très bien pu être la victime de ce tueur qui se moquait bien sur qui il allait tirer. Ce qu'il voulait, c'était atteindre Paul, l'obliger à garder le silence au nom de son engagement religieux et se laisser condamner sans pouvoir se défendre. La vengeance parfaite : le coupable innocent connaît le véritable criminel mais il ne peut rien dire, pas même clamer son innocence.

— Donc, selon vous, le coupable se trouve parmi ceux qui avaient des raisons de lui en vouloir ?

— Oui, je pense principalement à deux personnes. Je n'ai pas oublié ce qui s'est dit après le verdict qui avait clôturé l'affaire du naufrage. Deux femmes avaient alors exprimé leur haine d'une manière radicale. D'abord sa mère, Odile, qui me déteste et en veut à Paul d'avoir causé la mort d'Alexandre, son fils préféré. Odile est une femme froide et calculatrice.

Brunet commanda une seconde bière et demanda à Marie si elle souhaitait boire autre chose. Il jeta un regard distrait vers le comptoir où deux hommes se querellaient à propos des pronostics pour le tiercé du lendemain.

— Franchement, dit-il, je n'aurais pas pensé à mettre Odile sur la liste.

— Si. Elle aimait Alexandre plus que tout. Il y a aussi Jacqueline Lableu. Je me souviens de sa réaction à l'annonce du verdict. Elle hurlait, montrait le poing aux juges. Il avait fallu la sortir de force de la salle d'audience.

— Vous savez ce qu'elle est devenue ?

— Elle habite du côté de Pontivy. Elle peut avoir agi de la sorte par désespoir. Souvent, les gens dans la peine pensent que frapper ceux qui sont à l'origine de cette peine leur rendra la vie plus supportable. La meurtrière est probablement l'une de ces deux femmes, ou les deux ensemble. C'est difficile à dire, car j'ai le sentiment de faire de la délation et Paul m'en voudrait s'il m'entendait. Mais nous n'avons pas d'autre solution que de vérifier.

Alain Brunet avala une gorgée de sa bière, posa lentement son bock, s'essuya les lèvres avec son mouchoir et demanda :

— Et la femme d'Antoine Bernard, le troisième matelot ? Pétronille Bernard pourrait aussi avoir de bonnes raisons de vouloir se venger. La vie n'est pas facile pour elle depuis la mort de son mari.

— Non, répondit Marie. Pétronille était à côté de moi au moment du verdict. Elle n'a eu aucune réaction, elle s'est contentée de pleurer son cher disparu. Elle n'a jamais eu le moindre mot contre Paul. Elle a accusé la fatalité. Tant de pêcheurs agissent comme Paul, ne remontant leur chalut qu'au dernier moment ! Lui n'a pas eu de chance : sans la vague scélérate, totalement imprévisible, le naufrage n'aurait pas eu lieu. Et puis, c'est grâce à Pétronille que j'ai pu voir Paul. Je suis certaine qu'elle n'a pas commis ce crime.

— Très bien, dit le commissaire, qui jugea les propos de Marie pertinents. Maintenant, je ne sais pas comment agir. Je ne peux plus aller interroger Odile ou Jacqueline Lableu.

L'instruction a été trop rapide, j'en conviens, mais l'évêché a fait pression et le juge n'était pas fâché de manger du curé.

— Depuis quelques jours, je cherche un moyen de tendre un piège à la meurtrière, dit Marie, mais je ne sais pas comment m'y prendre, et je me dis que Paul m'en voudra. Mais tant pis, si c'est pour le sauver !

— Je vous comprends, fit Alain Brunet, qui réalisait que Marie n'avait pas renoncé à récupérer l'homme qu'elle aimait. Quant à moi, je suis comme vous, je ne vois pas ce qu'on peut faire, car en dehors d'un aveu, rien ne sera accepté par la justice pour rouvrir ce dossier.

Marie rentra chez elle, la tête pleine d'interrogations. Aucun piège ne pouvait être efficace et, plus que jamais, elle butait sur un mur infranchissable qui détruisait sa vie et celle de Paul. Odile ne l'avait jamais considérée comme la compagne idéale pour son fils. Elle en voulait à tout le monde d'être seule et sans espoir. Sa vive intelligence et la froideur de ses décisions la rendaient capable d'imaginer une punition exemplaire contre celui qui l'avait privée d'Alexandre. Mais comment la confondre ?

Marie eut un moment la tentation d'aller la trouver et de l'accuser ouvertement, de l'obliger à se dévoiler, puis elle eut une idée. Un sourire éclaira son visage. Cette fois, Odile ne pourrait pas se défiler. Les méthodes modernes permettaient des miracles qui auraient été impossibles quelques années plus tôt. La manipulation était grossière, mais plus le mensonge sortait de l'ordinaire, plus il avait de chance de réussir !

Malgré son impatience, Marie attendit un peu avant de se décider. Elle pensa téléphoner au commissaire Brunet, puis se dit qu'il était préférable d'agir seule. Le lendemain, après s'être rendue à son bureau et avoir expédié le travail courant, elle profita de la pose de midi pour aller trouver Odile à Quimper. Il faisait assez beau. Le ciel était d'un bleu délavé, ponctué de petits nuages blancs qui s'effilochaient au vent. Marie arriva chez Odile vers treize heures. La mère de Paul l'accueillit sur le pas de sa porte. Marie embrassa la vieille femme sur les deux joues. Odile s'étonna de cette visite inopinée en pleine journée.

—J'ai enfin une bonne nouvelle et je voulais vous l'annoncer moi-même. Nous allons tout savoir sur le meurtre de Legyère. Et Paul va enfin être innocenté.

Tout en parlant, elle ne quittait pas des yeux le visage d'Odile, qui se figea. Puis la mère de Paul sourit légèrement.

— Mais c'est très bien, ça !

— En effet, après un examen plus poussé, ils viennent de retrouver des traces d'ADN sur la crosse du pistolet et ce ne sont pas celles de Paul. Cette nouvelle piste pourrait retarder le procès.

Odile passa dans la cuisine et proposa un café à la visiteuse. Marie trouva ses gestes saccadés, moins assurés que d'habitude. Tout en s'activant, Odile lui demanda, sans lever les yeux :

— Mais comment peuvent-ils découvrir à qui appartient cet ADN ?

— En faisant des prélèvements. Nous allons tous être sollicités. Comme il n'y a aucune piste, les policiers sont obligés de tester tout le monde, moi, vous, les proches de Paul et de Legyère.

Marie interpréta le léger tremblement qui agitait les mains d'Odile comme la marque d'un trouble profond. La vieille femme disposa deux tasses sur la petite table du salon.

— Si ça peut leur faire plaisir ! dit enfin Odile en versant le café fumant dans les tasses. Mais je doute qu'ils apprennent grand-chose.

— Le commissaire Brunet suspecte tout le monde. On saura à quoi s'en tenir, la situation sera plus saine.

Odile ne réagit pas. Marie comprit alors qu'elle s'était trompée. La vieille femme n'avait rien à voir dans le meurtre de Legyère, ou alors elle trichait magnifiquement. Marie ne s'attarda pas et prit congé. Il ne restait qu'une suspecte, Jacqueline Lableu. Marie résolut d'aller lui rendre visite le soir même, tant cette question la tracassait. Elle passa à son bureau, bavarda quelques instants avec son patron qu'elle mit au courant de ses démarches, puis elle prit la direction de Pontivy.

Il était presque dix-neuf heures quand elle arriva au bord du Blavet. Elle dut se servir de son GPS pour trouver la petite rue où habitait Jacqueline. Elle arrêta son véhicule devant une maison bourgeoise entourée d'un parc. De grands arbres perdaient leurs feuilles qui volaient en gros tourbillons et se posaient sur la pelouse. Le portail était ouvert. Marie n'osa pas le franchir avec sa voiture qu'elle gara sur le trottoir. Elle remonta à pied l'allée bordée de marronniers qui conduisait à une villa aux larges baies vitrées. La jeune femme ne s'était pas imaginé que Jacqueline ait pu reconstruire sa vie avec autant de luxe. Quand elle arriva près de la maison, trois caniches vinrent tourner autour d'elle en aboyant. Elle eut envie de faire demi-tour : Jacqueline, avec une telle aisance, pouvait-elle penser à se venger d'un mari pêcheur mort depuis plus de six ans ? Marie s'éloignait quand, d'une allée perpendiculaire, Jacqueline, vêtue d'une longue robe blanche, la tête couverte d'un chapeau orné de rubans blancs et roses arriva au bras d'un homme d'un certain âge, très élégant dans son costume sombre rayé. En reconnaissant Marie, la jeune femme eut un léger mouvement de recul, comme l'envie de fuir une vision qui lui déplaisait. Elle se reprit rapidement et sourit.

— Mais c'est Marie, la compagne de Paul Benalec ! Qu'est-ce qui nous vaut une visite aussi inattendue ?

Jacqueline parlait avec une voix enjouée, un peu haute, qui n'était pas sa voix naturelle mais allait bien avec sa nouvelle silhouette.

— Georges, je te présente Marie, une amie de longue date.

L'homme salua Marie avec un gracieux sourire qui le rajeunit. Il invita la visiteuse à les accompagner à la maison.

— Je suis vraiment contente de te retrouver. C'est vrai, la vie nous a engagées dans des chemins différents, mais c'est promis, désormais, on se téléphonera et on se verra. Tu habites toujours à Concarneau ?

— Oui, répondit Marie qui n'osait plus exposer le motif de sa visite.

— Eh bien, moi, je vis ici, dans la plus belle maison du monde ! s'exclama Jacqueline. Georges, mon époux, s'occupe bien de mes garçons. Julien est en première et Stephen en troisième. Ils sont bons élèves et nous n'avons pas de soucis avec eux.

Marie ne se sentait pas très à l'aise dans cet intérieur luxueux, et elle se demandait par quel miracle la pauvre Jacqueline Lableu avait pu rencontrer cet homme riche et dévoué. Elle accepta le thé que Georges alla préparer pendant que les deux femmes bavardaient. Naturellement, Jacqueline demanda des nouvelles de Paul :

— Ce pauvre Paul, comment va-t-il ? J'ai appris qu'il était entré dans les ordres. Je me demande encore comment cela peut être possible. Abandonner sa vie, se faire prêtre en oubliant ceux que l'on aime pour se consacrer à un Dieu d'amour qui impose une séparation ! Franchement, je ne comprends pas.

En l'entendant parler de la sorte, Marie se dit que Jacqueline n'était pas aussi superficielle que son aspect léger et sophistiqué pouvait le laisser croire.

180

— Paul est très traumatisé par ce qui s'est passé. Je ne suis pas certaine que son engagement en religion soit aussi profond qu'il le dit. Mais je l'accepte.

— Et toi, ma chère Marie, tu travailles toujours au même endroit ? Tu n'as pas refait ta vie ?

— Non, et je n'en ai pas envie. Paul a besoin de moi.

— Je m'en doute. N'a-t-il pas été inquiété pour une histoire de meurtre ? demanda Jacqueline en souriant à son mari qui venait de poser sur la table basse le plateau avec les tasses et la théière fumante. Mais franchement, qu'espères-tu à part être la bonne du curé ?

— Rien, répondit Marie, vexée. Il est en prison, accusé d'un crime qu'il n'a pas commis.

— Les policiers découvriront vite le meurtrier. Comment imaginer que Paul puisse tirer sur quelqu'un ?

Cette fois, Marie osa aller au bout de sa démarche :

— Le commissaire de police soupçonne un proche de Paul, quelqu'un qui lui en voudrait et se serait arrangé pour lui faire tripoter l'arme du crime afin de laisser des empreintes qui l'accusent. Paul ne peut pas se défendre car il est tenu par le secret de la confession.

— Tout ça est ridicule, répliqua Jacqueline en souriant. Comment garder un secret qui fait de vous un coupable ? Cela ne tient pas debout. Rassure-toi, ils vont vite trouver le meurtrier.

— Ce n'est pas si sûr, reprit Georges. Le secret de la confession est inviolable, même par le Vatican. Un curé est le représentant de Dieu. Et là, la justice des hommes n'a pas sa place !

— Mais voyons, Georges, se moqua Jacqueline, ce n'est pas pensable.

— Si, insista Georges, et je trouve ça admirable.

— Enfin, Paul ne va pas se laisser condamner à perpétuité pour le crime d'un autre !

Marie hésitait encore quand Georges lui tendit une perche malgré lui :

— C'est bizarre qu'on en soit resté aux seules empreintes, remarqua-t-il. Avec l'ADN, les investigations sont beaucoup plus fiables. Et il suffit de très peu de chose pour confondre le coupable, un cheveu, une pellicule du cuir chevelu, une poussière invisible…

— Justement, finit par dire Marie, ils ont trouvé un ADN et ce n'est pas celui de Paul. Ils vont faire des prélèvements sur tous les gens qui l'ont connu, et surtout ceux qui avaient manifesté leur animosité pendant le procès du naufrage.

Le visage de Jacqueline s'assombrit, ses sourcils bien dessinés s'abaissèrent, elle plissa ses lèvres. Enfin, elle leva les yeux sur Marie et dit sur un ton froid :

— C'est pour me dire ça que tu es venue jusqu'ici ? Sache que j'ai crié ma haine contre Paul, mais que j'ai fait mon deuil et que je ne lui en veux plus. Je peux le dire devant lui, qui représente Dieu. Qu'ils viennent faire leurs prélèvements. C'est un affront, certes, mais je l'accepte.

Marie était gênée, convaincue que Jacqueline disait la vérité et qu'elle avait menti pour rien. Elle se leva de son siège sans terminer sa tasse de thé, honteuse de son mensonge.

— Malgré cela, j'aimerais qu'on se revoie, ajouta Jacqueline en l'accompagnant à la porte.

— Ce sera avec un grand plaisir, répondit Marie.

Sur la route du retour, Marie s'arrêta pour téléphoner à Alain Brunet, qui lui avait laissé son numéro de portable. Elle lui raconta sa démarche et son gros mensonge pour tenter de confondre Jacqueline. Brunet lui dit que ce n'était pas une bonne manière de procéder, mais si cela pouvait aider la justice, il voulait bien y souscrire.

— Odile est sûrement d'une autre trempe que Jacqueline, poursuivit Marie. Pourtant, je l'ai bien observée quand

182

je lui ai dit qu'on allait faire des prélèvements. Elle a accepté spontanément. Après réflexion, je pense qu'elle est innocente. Quant à Jacqueline, elle a refait sa vie, et bien mieux que la première fois. Je ne pense pas qu'elle aurait compromis son confort actuel pour une vengeance.

— Donc, nous en sommes toujours au même point ! Et malgré des recherches très poussées de mes collègues, nous n'avons aucun ADN, comme vous l'aviez annoncé.

Marie rentra chez elle. La jeune femme se sentait prise au piège sans aucun moyen d'en sortir.

Elle s'endormit tard dans la nuit et rêva d'un mariage où elle portait une magnifique robe blanche. L'homme qui lui donnait le bras était vêtu d'une soutane noire qui sentait affreusement mauvais.

19

Le lendemain, Marie se rendit à son bureau afin de mettre en place un nouveau partenariat en Autriche et élargir son réseau de clients. Sa connaissance de l'allemand la plaçait toujours en première ligne pour ce genre de démarche. Son patron lui faisait entièrement confiance. Entre eux s'était établie une amitié qui dépassait le cadre professionnel. M. Angel, un bel homme d'une cinquantaine d'années, n'hésitait pas à lui parler de ses problèmes avec sa fille unique qui faisait les quatre cents coups. De son côté, Marie ne lui cachait rien de sa tentative pour sauver Paul, le seul amour de sa vie. Quand elle lui eut relaté sa dernière tentative pour démasquer le coupable, Hubert Angel eut un petit sourire.

— Vous vous êtes lancée dans la bataille sans réfléchir, dit-il. Votre hâte de réussir vous a masqué l'essentiel. Rien ne prouve que d'autres personnes soient impliquées. Pourquoi concentrez-vous vos recherches dans une seule direction ? Le coupable peut être quelqu'un que vous ne soupçonnez pas.

Marie y avait bien sûr pensé. Elle avait failli provoquer Pétronille au jeu de l'ADN, mais elle n'avait pas osé après le service que la jeune femme lui avait rendu. Et puis, son instinct lui disait que Pétronille ne pouvait pas avoir manigancé un acte aussi machiavélique.

L'après-midi, elle décida d'aller rendre visite à Paul pour lui montrer qu'elle ne l'abandonnait pas, qu'elle resterait toujours près de lui. C'était peut-être aussi la meilleure manière de le faire craquer, de le pousser à commettre une indiscrétion involontaire qui la mettrait sur la voie. Elle espérait surtout qu'il briserait enfin le mur du silence, qu'il lui dirait quelques mots anodins, sans rapport avec le meurtre, des mots simples qui lui réchaufferaient le cœur. Elle se rendit à Quimper aussitôt après le déjeuner. Des nuages ventrus écrasaient les collines. Il allait pleuvoir, un de ces temps de fin de saison, fait de bourrasques et de feuilles mortes. L'hiver qui arrivait rendait Marie morose. Elle se sentait vieille comme la nature, prête à cesser le combat.

Elle entra au parloir et attendit. Paul arriva comme d'habitude encadré par deux policiers. Il s'approcha de Marie, la fixant de ses yeux clairs dans lesquels la jeune femme voyait encore son amour d'avant, mais voilé comme s'il la regardait à travers une vitre couverte de buée. Il s'approcha d'elle et prit la main qu'elle lui tendait. Marie lui répéta mot pour mot ce qu'elle lui disait à chaque visite :

— Bonjour, Paul. Je ne veux pas t'abandonner. Je comprends ton silence, je comprends ton engagement. Je sais que tu ne peux rien dire, mais je suis là !

Cette fois, forte de l'expérience de la veille, elle ajouta :

— Avec le commissaire Brunet, nous sommes persuadés de ton innocence. J'ai inventé un stratagème pour forcer le coupable à se dénoncer.

Le regard de Paul s'éclaira curieusement, une sorte de lumière d'espoir aussitôt dissimulée. Et, pour la première fois depuis son incarcération, il parla :

— Ça ne servira à rien, dit-il.

En entendant sa voix, Marie ressentit une telle joie qu'elle prit sa main et l'embrassa avec effusion. Des larmes perlèrent au coin de ses yeux.

— Si, ça servira à te tirer de ce lieu sordide qui n'est pas ta place.

Il ouvrit la bouche, comme pour parler, mais se ravisa. Ses paupières s'abaissèrent. Marie fut déçue, elle avait espéré qu'un dialogue pouvait s'installer entre eux, les rapprocher enfin. Elle se mit à pleurer, Paul serra vivement sa main.

— Mais tu ne comprends pas que je suis aussi une victime, gémit Marie. Ce crime dont on t'accuse me salit. Il faut que je trouve la vérité. Après, seulement, je pourrai construire quelque chose, même si je sais que tu ne seras plus jamais à mes côtés et que personne ne pourra prendre ta place !

Elle avait insisté sur les derniers mots pour pousser Paul dans ses ultimes retranchements. Il soupira. Marie comprit alors qu'il avait dû y réfléchir longuement pendant ses heures de solitude. Elle attendait un mot de réconfort, une parole de tendresse, mais elle n'obtint que le silence. Enfin, Paul lâcha la main de Marie et se tourna vers les deux gardiens. Il fit un pas en retrait, hésita, puis revint vers elle.

— Occupe-toi du petit Amaury, dit-il d'une voix grave. C'est un très bon petit gars, mais il est perdu. Il faut l'aider.

Il s'en alla de ce pas tranquille qu'il avait adopté depuis qu'il était prêtre, comme si le temps n'avait plus d'importance. Un des policiers ouvrit la porte qu'il franchit sans se retourner. Marie resta un long moment pensive avant de s'éloigner à son tour. Elle hésitait entre la joie et le désespoir, passant de l'une à l'autre avec la rapidité d'une réflexion qui n'arrive pas à se fixer. La joie parce que Paul lui avait parlé pour la première fois et que le son de sa voix disait beaucoup plus de choses que les mots prononcés, le désespoir parce qu'il semblait détaché de tout. Un seul lien pourtant le rattachait à la réalité : le petit Amaury.

Le soir, elle se rendit à Sabrenat. Elle n'y était pas revenue depuis le jour où, avec Odile, elles avaient déménagé les affaires de Paul. La criée se terminait sur le port. Une odeur de poisson flottait dans l'air. Les marins pêcheurs nettoyaient leurs bateaux et prenaient le temps de bavarder. Près de la halle couverte, les commerçants empilaient les caisses dans leurs camions frigorifiques. La journée n'avait pas été mauvaise, tous s'en félicitaient, car l'hiver qui s'annonçait allait les empêcher de sortir.

Marie passa boire un café chez Jugon qui la reconnut et lui sourit. Il s'accouda au comptoir en face d'elle et dit :

— Vous savez, l'ancien curé avait des manières qui ne plaisaient pas à tout le monde, mais au moins, c'était un homme d'ici. Avec le nouveau, c'est une autre histoire. Il a une façon de célébrer la messe qui ne convient pas. Figurez-vous qu'il envisage d'inviter un groupe de jeunes de Concarneau pour accompagner l'office…

Marie profita de l'occasion pour mettre Jugon et les Sabrenais en face de leurs contradictions.

— Vous avez pourtant rédigé une pétition contre Paul. Et là encore, vous n'êtes pas satisfaits avec le nouveau curé. À l'évêché, on va penser que vous ne savez pas ce que vous voulez !

Jugon ne répondit pas : Marie n'avait pas tout à fait tort.

— Et puis, réfléchissez bien à ce que vous allez faire, menaça Marie, on va vous accuser de racisme, et ça, ça peut vous conduire très loin. Enfin, je suis contente que vous regrettiez Paul, car il est innocent. Mais il faut m'aider à le prouver.

— Ça sera difficile. Les gens d'ici ne restent pas derrière leurs fenêtres pour épier ce qui se passe dans la rue !

Marie sortit du café d'un pas léger et alla frapper chez Marthe qui lui ouvrit aussitôt la porte et la fit entrer.

Après avoir échangé quelques amabilités, Marthe confia à Marie les difficultés qu'elle rencontrait avec le nouveau curé. Il était si désordonné qu'elle refusait de faire son ménage.

— Et pour manger, n'en parlons pas. Il aime des plats épicés, des choses qu'on ne mange pas ici et qu'on ne trouve pas au marché. À côté de ça, c'est un bon garçon, très ouvert.

Enfin, Marie aborda le sujet de sa visite.

— Paul m'a demandé des nouvelles d'Amaury.

Marthe prit un air affligé et soupira.

— Il est chez des agriculteurs qui élèvent des chevaux. L'éducateur est récemment passé me voir. Il paraît que tout va bien.

Elle semblait désolée qu'Amaury se comporte mieux chez des étrangers que chez elle. N'était-ce pas la preuve qu'elle avait été incapable d'élever son propre fils ?

— Je ne sais pas si on a eu raison. Ils ne le connaissent pas. Pour l'instant, il fait le gentil, mais ça ne va pas durer. Il est capable de tout ! ajouta Marthe.

— Vous n'allez pas le voir ?

— L'éducateur me le déconseille. Il faut qu'il prenne de bonnes habitudes. Moi, j'en sais rien, alors je laisse faire ! Je pense l'avoir pour les vacances de la Toussaint.

Marie avait envie de prendre Marthe dans ses bras. Alors que la vieille dame s'affairait dans la cuisine pour préparer du café, Marie s'attarda sur les photos disposées sur le vaisselier. Sur l'une d'elles, un jeune couple sortait d'une église. L'homme était vêtu d'un habit militaire et la jeune femme portait un nourrisson en aube blanche.

— C'est Amaury le jour de son baptême, dans les bras de sa mère. Depuis que mon pauvre Luc a été tué comme un chien, elle ne veut plus entendre parler ni de moi ni de son fils. Ça me fait beaucoup de peine.

— Vous n'avez pas son adresse ou un numéro de téléphone où la joindre ?

— Non. Je ne l'ai jamais demandé à l'assistante sociale. Je me dis qu'il faut tourner la page et penser qu'Amaury n'a plus de parents.

Marie laissa passer un moment et exposa la véritable raison de sa visite.

— Comment ça se passait avec Paul ?

— Très bien, répondit Marthe en levant un regard soupçonneux sur la jeune femme. C'était un homme très gentil malgré ses idées un peu particulières. Vous croyez qu'il avait besoin de se mettre tout le monde à dos en parlant comme il le faisait ?

— Il est convaincu que l'immobilisme des autorités religieuses et leur refus de prendre en compte les progrès de la science sont à l'origine du désintérêt des gens pour la religion…

— Tout ça, c'est trop savant pour moi ! Mais je crois qu'il aurait fini par faire quelque chose du petit Amaury. Il m'en parlait tout le temps. Il avait su le prendre dans le bon sens !

— Justement, Paul est innocent du crime. Il faut le sortir de prison et trouver le véritable coupable. Je crois que vous avez vu la femme qui lui a rendu visite le soir du crime. Si on pouvait l'identifier…

— Écoutez, reprit Marthe, avec un geste d'impatience, j'ai déjà tout dit à la police. J'ai vu une ombre, rien de plus ! Je ne vais quand même pas inventer des détails qui pourraient faire condamner un autre innocent. Mais franchement, ils ne sont pas bien malins, les policiers ! Paul est incapable de faire du mal à une mouche !

— Il n'y a pas un détail qui vous serait revenu, quelque chose qui vous semblerait sans importance ?

Marthe secoua la tête.

— Je ne peux pas vous aider. Bien sûr, si je découvrais quelque chose je ne manquerais pas de vous en parler.

— Je vais probablement aller voir Amaury pour lui parler de Paul. Vous voudriez m'accompagner ?

— Non, répondit sèchement Marthe. On m'a dit que j'avais une mauvaise influence sur lui. Alors qu'ils se débrouillent, même si je suis malheureuse de ne pas le voir. Et si vous allez rendre visite à ce pauvre Paul, faites-lui part de… de mon soutien.

Marthe fouilla dans un placard et en sortit un paquet de bonbons.

— Amaury n'aime pas les bonbons, sauf ceux-là, confia-t-elle. Vous les lui donnerez de ma part.

Déçue, Marie regagna sa voiture. Elle avait espéré que Marthe aurait pu l'aider à orienter ses recherches. Elle butait toujours sur le même point. La tempête qui s'annon-çait le soir du crime, les bourrasques de vent et la pluie fai-saient que personne n'était dehors cette nuit-là. Cette mystérieuse femme avait pu sortir du presbytère sans qu'on la voie. Le commissaire avait cherché sa voiture, mais com-ment retrouver une Clio verte ou bleue parmi les milliers de modèles semblables ? Le crime était parfait. Marie, comme le commissaire Brunet, perdait espoir.

Elle décida d'aller rendre visite à Amaury le jour même. Elle s'engagea sur les petites routes de Bretagne autour de Quimper. Grâce à son GPS, elle trouva sans peine la ferme d'Henri et Monique Blondin. Il était presque cinq heures du soir. Monique s'occupait de ses bêtes quand la petite voiture pénétra dans la cour. Marie s'arrêta au milieu des volailles qui ne se dérangèrent même pas. Elle qui ne savait pas comment se présenter décida de jouer franc-jeu.

— Je viens voir le petit Amaury. J'arrive de chez sa grand-mère.

— Il n'est pas encore rentré de l'école, répondit Monique. Mais vous pouvez l'attendre, il ne va pas tarder.

Marie en profita pour bavarder avec Monique qui lui apprit qu'Amaury se tenait tranquille, mais que son calme cachait un enfant très perturbé dont il fallait se méfier.

— Il a des tics et fait des grimaces quand il parle. C'est un volcan prêt à exploser. Ce garçon a beaucoup de problèmes ! Il faudrait parler avec lui, mais c'est un sauvage. Il reste dans son coin, ne s'intéresse pas aux autres. Je m'occupe aussi de deux garçons plus grands que lui mais il les ignore. La seule personne avec qui il joue c'est la petite Louise. Bien que cette gamine n'ait pas beaucoup de présence.

— Il passe toujours du temps sur son ordinateur ?

— J'essaie de le limiter parce que ça le rend fou ! Quand il a joué deux heures sur cette machine, il devient tout excité et bien près de faire des bêtises. Mais je le laisse un peu, bien sûr !

Un car s'arrêta devant l'entrée de la ferme et quatre enfants en descendirent. Deux garçons, asiatique et africain, une fillette, et Amaury. Marie fut étonnée car il ne correspondait pas du tout à la description que sa grand-mère avait faite de lui. Il semblait absent, perdu dans ses rêveries, alors que Marie s'attendait à trouver un garnement hyperactif et bruyant. Marie salua les autres, fit une bise à Louise qui rougit, et s'approcha d'Amaury.

— Tu ne me connais pas, mais je viens de chez ta grand-mère.

Elle sortit le paquet de bonbons et le tendit au gamin.

— Elle t'envoie ça parce qu'elle pense beaucoup à toi.

Amaury se renfrogna, comme s'il en voulait à sa grand-mère de l'avoir abandonné. Il eut un regard vers Louise alors qu'elle entrait dans la maison.

— Le cri des goélands me manque…

— Paul aussi m'a parlé de toi.

Amaury lui lança un regard incrédule.

— Le curé ? demanda-t-il entre ses dents.

— Oui, le curé qui est en prison parce qu'on l'accuse d'un meurtre qu'il n'a pas commis.

Marie décida de jouer le tout pour le tout. Brunet avait interrogé tous les adultes de Sabrenat mais il n'avait pas pensé aux enfants, et particulièrement à Amaury qui voyait tout et furetait là où on ne l'attendait pas.

— Tu te souviens du soir de la tempête quand on a trouvé M. Legyère assassiné. Tu étais où ?

Amaury baissa les yeux pour ne pas dévoiler ses pensées à la femme qui ne le quittait pas des yeux. Embarrassé, il posa son sac, tripota la bride et le remit sur son épaule.

— Je m'en souviens plus !

Il mentait. Pas un détail de cette soirée n'avait déserté sa mémoire. Il se souvenait de chaque instant, de ce qu'il avait fait et avait entendu, mais il ne voulait pas en parler.

— Je devais être à la maison, sûrement en train de jouer à l'ordi !

— Ta grand-mère m'a dit que tu n'étais pas chez toi et qu'elle ne savait pas où tu étais.

— Elle ne sait jamais où je suis. J'étais dans ma chambre alors qu'elle devait me chercher dehors. C'est toujours comme ça !

— Donc, tu n'as rien vu ? Tu ne te souviens pas d'une femme sortie du presbytère ?

— Non, répondit-il en s'éloignant à toutes jambes.

La fuite était la meilleure manière de ne pas se trahir. Amaury aimait bien Paul et il aurait voulu le sauver. Mais il ne pouvait pas parler. Il ne voulait surtout pas aider les policiers qui avaient tué son père.

Monique rejoignit Marie qui se dirigeait vers sa voiture.

— C'est une tête de mule, dit-elle, mais pas un idiot. Il comprend tout, cependant sa sensibilité le rend très fragile.

La moindre remarque le touche et il se met en colère. Alors il devient capable de faire n'importe quoi.

—Je me demande s'il me dit la vérité, répondit Marie, comme si elle se parlait à elle-même. Le soir du crime, sa grand-mère le cherchait, et c'est pour ça qu'elle a vu l'inconnue quitter le presbytère. Il n'était sûrement pas dans sa chambre. Mais pourquoi refuse-t-il de parler ?

—Il se confie très peu, reprit Monique. Ce n'est que lorsqu'il est en colère qu'il déballe tout, mais avec tellement de haine qu'on ne cherche pas à en savoir plus.

Marie rentra chez elle complètement abattue. Toutes les issues se fermaient. Paul serait condamné et il n'aurait pas un mot pour crier son innocence. Elle avait l'impression de sombrer dans un océan noir et sans fond.

20

De la fenêtre de sa chambre où il s'était réfugié, Amaury observait Marie et Monique dans la cour. Quand Marie monta dans sa voiture et claqua la portière, le gamin ressentit une vive douleur au ventre. Il contracta ses muscles, serra les dents avec cette grimace de félin en colère qui le caractérisait. L'envie de crier, de sauter par la fenêtre le faisait trépigner. Il se tourna vers son ordinateur posé sur son lit. L'appareil était éteint. Il le saisit, eut un geste comme pour le jeter contre le mur, mais se ravisa.

La pensée de Paul ne le quittait pas. En repensant aux sons magnifiques que le prêtre tirait du violoncelle, il se dit que rien n'était plus injuste que sa condamnation. Il sortit de sa chambre et aperçut Louise en train de faire ses devoirs. C'était une obstinée qui consacrait des heures à étudier ses leçons, à refaire ses exercices, là où Amaury n'aurait passé que quelques minutes s'il avait eu envie de réussir. Mais en devenant bon élève, il aurait donné raison aux adultes et à ceux qui avaient assassiné son père. S'il se rangeait dans le camp des enfants bien élevés, il deviendrait transparent. Lui n'avait pas de parents et ne voulait courber la tête devant personne. Il préférait ramasser une bonne correction plutôt que se plier à une autre volonté que la sienne. Ici, Henri et Monique le laissaient tranquille. Il aurait pu se plaire dans cette ferme où flottait une incessante odeur de cheval si l'océan avait été à proximité. Sa grand-mère lui manquait aussi, même s'il détestait sa manière de répéter inlassablement les mêmes litanies, les mêmes recommandations inutiles. Monique ne pourrait jamais la remplacer, ni personne d'ailleurs.

Il sortit et partit en direction de la mare. Théo et Hassan, qui revenaient de conduire les chevaux au pré, arrivaient à sa rencontre. Ballotin vint lui faire la fête. Le gamin posa sa main sur la tête chaude de l'animal qui se mit à la lécher. Théo dit sur un ton moqueur :

— Tiens, le Gogo ? Tu as oublié ton ordi ?

— Je m'appelle pas le Gogo ! cria Amaury en serrant ses poings d'enfant.

Ce surnom que lui avait donné Théo le vexait, lui faisait mal, comme s'il était hérissé d'épines. Il y voyait une ressemblance avec un idiot du village, un débile mental, un rien du tout.

— Mais nous, ça nous plaît de t'appeler le Gogo !

Amaury se jeta sur Théo et le frappa à coups de pied. Hassan le saisit par les épaules. Théo prit le temps d'arranger ses vêtements froissés puis asséna plusieurs coups de poing dans le ventre d'Amaury. Les deux adolescents s'éloignèrent en riant, laissant le gamin sur le sentier, pleurant et criant à la fois. Une ombre passa devant lui et s'approcha. Une main très douce se posa sur son front.

— Ils sont méchants, dit la petite Louise.

Amaury se redressa et poussa un dernier hurlement de rage.

— Pourquoi tu cries comme ça ? Tu fais peur aux oiseaux.

— M'en fous des oiseaux !

Pris d'un pressentiment, il planta là la gamine et partit en courant vers la ferme. Il entra dans la maison comme une furie. Dans sa chambre, il trouva Hassan et Théo assis sur le lit, l'ordinateur ouvert devant eux, les yeux fixés sur l'écran.

— Qu'est-ce que vous faites ? hurla Amaury.

— On fait rien de mal. Tu peux quand même nous le prêter, ton ordi !

— Non. Et puis Monique ne veut pas que je le prête.

— Allez, sois sympa…

— Non, je vous dis !

— Toi, mon petit gars, tu commences à me gonfler ! répliqua Hassan en saisissant Amaury et en le poussant dehors.

Il tambourina à la porte. Hassan surgit, prêt à se servir de ses poings. Devant la menace, le garçon recula. Une idée venait de lui traverser l'esprit. Pendant que les deux garçons seraient occupés, il aurait tout le loisir de réaliser ce qu'il projetait depuis la visite de Marie.

— Bon, c'est d'accord, dit-il avec un sourire feint.

— On voudrait aller sur Internet pour trouver des renseignements pour notre cours de géographie. Mais on ne sait pas faire.

— Monique ne veut pas qu'on se connecte à Internet.

— Elle en saura rien, insista Théo. On éteindra si on l'entend venir.

— Bon, d'accord !

Monique avait en effet interdit l'accès à Internet, mais Amaury s'était beaucoup amusé à pirater la *box* d'Henri, qui s'en était probablement aperçu mais n'avait rien dit. Henri se désintéressait des pensionnaires de la maison. Ses chevaux accaparaient toute son attention, et il ne voulait surtout pas se mettre à dos le petit nouveau qui avait débloqué son ordinateur et faisait pour lui des manipulations auxquelles il ne comprenait rien.

Amaury sortit de la chambre. La voie était libre. Il entra dans le bureau d'Henri où se trouvaient tous les papiers administratifs de la maison, les factures de fourrage pour les chevaux, l'achat de matériel et les locations pour les randonnées. Dans un meuble qu'Amaury avait repéré, Monique rangeait ses factures et son courrier avec les services sociaux. Le gamin ouvrit lentement le tiroir en redoutant que le bruit n'attire l'attention d'un curieux, de Louise en particulier, qui devait être dans la cuisine. Il feuilleta les lettres et trouva ce qu'il cherchait : les coordonnées de Mme Vouzac. L'assistante sociale, avec son allure tranquille, son visage maigre mais souriant, avait quelque chose de rassurant qui le mettait en confiance. Il sortit la lettre de la pile et ferma vivement le tiroir, puis se tourna vers le téléphone. Il alla jeter un regard rapide à la fenêtre. La cour était vide. Monique n'était pas encore rentrée et Henri bricolait dans son hangar. Les deux autres étaient dans sa chambre d'où il les entendait rire. Restait Louise, mais Amaury saurait la faire taire.

Il s'approcha lentement du téléphone, conscient de faire quelque chose de grave qui l'engageait. Enfin, inspirant à pleins poumons, il décrocha le combiné et composa le numéro inscrit sur l'en-tête de la lettre. Le cœur battant, le visage en feu, il écoutait les sonneries se succéder, quand une voix de femme, qu'il ne reconnut pas d'emblée, lui répondit. Il avait préparé sa phrase mais n'arrivait pas à la formuler. Il bégaya :

— Amaury…

Il entendit enfin la voix de Mme Vouzac à l'autre bout du fil.

— Amaury, qu'est-ce qui se passe ? Pourquoi tu me téléphones ?

— Il faut que je vous parle.

— Eh bien, parle !

La porte du bureau s'ouvrit brutalement. Monique entra, les poings sur les hanches, le regard sévère. Derrière se profilait le petit minois de Louise qui lançait un regard apeuré au garçon.

— Mais qu'est-ce qui se passe ? Est-ce que tout va bien ?

Amaury lâcha le combiné qui tomba au sol. Prisonnier, coincé dans le bureau, il fit face, le visage cramoisi. Monique, qui n'en était pas à son premier enfant caractériel, savait que l'affrontement n'apporterait rien. Elle se fit conciliante.

— À qui tu téléphonais ?

— À personne.

— Je t'ai entendu parler. Tu peux me faire confiance !

Il voulut profiter d'un instant d'inattention pour s'échapper, mais Monique fut assez rapide pour l'intercepter. Elle lui flanqua une paire de gifles sonores en découvrant la lettre de l'assistante sociale. Puis, elle demanda :

— C'est Mme Vouzac que tu appelais ? Tu n'es pas bien ici, tu veux te plaindre, c'est ça ?

— Non, c'est pas ça, répondit le gamin de la voix stridente qu'il avait quand il était en colère.

— Alors, qu'est-ce que c'est ?

— Rien.

Monique n'insista pas, car elle redoutait que le gamin ne se plaigne qu'il était maltraité. Le revenu que lui rapportait la garde des enfants était fort utile à la bonne marche de la ferme et elle préférait éviter d'avoir à se justifier. Elle lâcha Amaury et sortit. Dans le couloir, elle vit par la porte entrouverte Théo et Hassan affalés sur le lit, devant l'ordi d'Amaury. Un seul regard à l'écran lui suffit pour constater que la préoccupation des deux adolescents n'était pas leur leçon de géographie.

— Que je vous y reprenne ! s'écria-t-elle en s'emparant de l'ordinateur.

Hassan et Théo, pris en flagrant délit, ne surent quoi répondre. Enfin, Théo voulut se justifier :

— On l'a pas fait exprès. On cherchait des informations pour notre leçon de géographie, et c'est ce site qui s'est affiché.

— C'est ça, et vous pensez que je vais vous croire ? Filez !

Puis, se tournant vers Amaury, elle ordonna :

— Tu vas le ranger. Je ne veux plus que tu le prêtes à ces deux-là. Et toi, je t'interdis d'aller sur Internet. D'ailleurs, je vais demander à Henri de mettre une clef, un mot de passe, enfin, quelque chose qui t'en empêche !

De ce côté-là, Amaury était bien tranquille. Henri ne saurait pas verrouiller sa *box* et, même s'il y arrivait avec l'aide d'un technicien, lui s'amuserait beaucoup à la déverrouiller. Cette supériorité sur les autres lui donnait le sentiment d'être invincible. Il se sentait alors léger, capable de voler pendant des heures comme les goélands de Sabrenat en se laissant porter vers le bout du monde, vers ces lieux interdits aux gens ordinaires.

Une heure plus tard, alors qu'on allait se mettre à table et que la nuit tombait, Mme Vouzac survint à l'improviste, ce qui contraria fort Monique. Le visage de la fermière se crispa. Elle lança un regard sévère à Amaury, puis fit bonne figure à la visiteuse. Sans rien dire de ses intentions, l'assistante sociale se tourna vers Amaury.

— Tu voulais me voir ? Me voici, je t'écoute.

Le gamin regarda autour de lui mais ne dit rien. Mme Vouzac lui fit signe de la rejoindre à la porte.

— Allons dans la cour, si tu veux.

Amaury ne broncha pas. Il voulait parler devant tout le monde pour bien montrer à Monique que ce n'était pas contre elle. Il ne voulait surtout pas s'en faire une ennemie, sa relative tranquillité en dépendait.

— Je veux aller voir le père Paul, dit-il.

— Le père Paul ? demanda Mme Vouzac en lui lançant un regard intrigué. Tu veux dire le curé de Sabrenat qui est en prison ?

— Oui, répondit Amaury, le curé qui est en prison.

— Et qu'est-ce que tu lui veux ?

— Je veux le voir.

Comment expliquer que l'envie idiote de voir un homme en prison lui était venue après la visite de Marie ? Il s'était imaginé quelque chose de terrible, la vision d'un avenir que tout le monde lui prédisait. Et puis, au fond, derrière ces images fugitives restait le souvenir douloureux de son père abattu. Pourquoi les flics ne l'avaient-ils pas mis en prison au lieu de le tuer ?

Cette fois, Henri se leva de sa chaise et fit un pas vers le gamin. C'était un bon gros ours au visage rassurant, à la démarche lourde. Amaury s'était toujours étonné que ce pataud devienne aussi léger et aérien quand il montait les chevaux les plus fougueux.

— Qu'est-ce que tu racontes ? fit-il de sa voix très grave. Tu sais que cet homme est accusé d'un meurtre ?

— J'ai quand même envie de le voir, insista Amaury.

— Encore une de tes lubies, s'emporta Monique. Qu'est-ce que tu lui veux ?

— Bon, dit l'assistante sociale en levant les yeux vers la pendule murale. Je vais voir ce que je peux faire.

Elle salua tout le monde et sortit, laissant Henri et Monique fort embarrassés par ce que venait de dire le gamin. Monique, la première, demanda :

— Qu'est-ce que tu lui veux à ce curé en prison ?

Comment lui expliquer que c'était très compliqué et qu'il ne le savait pas vraiment lui-même ? Une curiosité malsaine le poussait à agir. Il voulait voir un homme en prison comme on regarde un animal monstrueux. Et puis cet homme ne parlait pas comme les autres.

21

Le mercredi matin, Alain Brunet demanda à Marie de le rejoindre au commissariat. Il voulait tenter une dernière chance pour sauver Paul Benalec qui persistait à se murer dans le silence. Avec la mise en scène qu'il avait imaginée, la présence de la jeune femme pouvait décider le prêtre non pas à désigner le coupable, mais à clamer enfin son innocence.

— Cette affaire me donne des insomnies, expliqua-t-il. C'est la première fois que je me sens aussi mal à l'aise dans mon rôle de policier. À moins d'un coup de chance improbable, Paul sera condamné et le meurtrier coulera des jours tranquilles.

À la maison d'arrêt de Brest, ils furent conduits à la salle des interrogatoires. Pas de barreaux entre l'accusé et les visiteurs. Trois chaises avaient été disposées autour d'une petite table. Le commissaire avait tout prévu pour provoquer un choc, un sursaut de vie dans l'esprit de celui qui refusait de parler.

— Ce qui m'a longtemps étonné, dit Brunet en attendant qu'on fasse entrer Paul, c'est l'endroit et l'heure du crime. Pourquoi quelqu'un comme Legyère, un citadin, s'est-il rendu à un rendez-vous à Sabrenat, un village qu'il connaissait à peine, alors que le vent commençait à souffler très fort. Cette question me tracasse.

— Pour qu'on accuse Paul qui venait juste d'arriver !

— Certes, mais comment le meurtrier a-t-il pu convaincre sa victime d'un rendez-vous précisément à cet endroit ?

Paul entra dans la pièce encadré de deux gendarmes en uniforme. Quand il vit Alain Brunet et Marie devant lui, sans la séparation habituelle, il s'arrêta, hésitant. Dans un élan spontané, Marie se leva et se pressa contre lui. Brunet n'avait pas bronché. Debout à côté des chaises, il laissait faire : Marie s'était comportée exactement comme il le souhaitait. Paul eut un geste pour l'enlacer, mais ses mains retombèrent le long de son corps. Son visage se crispa et redevint aussitôt de marbre, figé, sans la moindre expression. Pourtant, les sentiments qui agitaient le curé n'échappèrent pas au policier qui espérait enfin briser le mur du silence.

— Paul, dit Marie, il faut que tu parles. On sait que tu es innocent.

Paul n'eut pas la moindre réaction, pas le moindre battement de cils.

— On ne vous demande pas de donner le nom du coupable, on respecte le secret de la confession, on vous demande seulement de vous défendre, insista Brunet, sensible à la grandeur de cet homme qui se sacrifiait pour une cause supérieure.

Paul secoua la tête et, enfin, parla :

— De quoi voulez-vous que je me défende ?

— Dites que vous êtes innocent, cela nous suffira pour relancer l'enquête.

Cette fois, le curé ne répondit pas. Son visage se ferma, il baissa les yeux comme s'il redoutait que Marie n'y voie une vérité qu'il devait taire.

— Mais enfin, Paul, pourquoi ce sacrifice ? Tu ne comprends pas que tu te laisses traîner dans la boue par un criminel et que tu nous entraînes dans ta chute, nous qui t'aimons !

Paul se tourna vers les deux policiers restés en retrait. Marie eut peur qu'il s'en aille sans rien ajouter et se plaça devant lui pour l'empêcher de bouger.

— Paul, gémit-elle en fondant en larmes.

Le visage du prêtre s'assombrit. Il sembla à Brunet que ses yeux se mouillaient, qu'il allait craquer. Mais, après une hésitation, il détourna la tête. Alors, Marie, cédant à la colère, se mit à lui marteler la poitrine de ses petits poings.

— Tu ne comprends pas qu'en sauvant un salaud tu condamnes des innocents et que tu te condamnes toi-même ?

Une lueur dans ses yeux montra que Marie l'avait touché au plus sensible de sa personne. Les muscles de ses mâchoires se raidirent, ses lèvres se contractèrent. Marie se moucha, puis, comme elle le sentait prêt à s'en aller, chercha encore à le retenir.

— J'ai vu le petit Amaury. Il est placé chez des gens, assez loin de Sabrenat.

— Pauvre Marthe, dit enfin Paul.

Il se tourna vers les policiers et demanda à regagner sa cellule. Marie se blottit de nouveau contre lui. Ils restèrent un long moment ainsi, puis Paul murmura :

— Il faut que j'y aille.

Marie le laissa s'éloigner. Toujours debout près de la chaise, Brunet avait assisté à la scène sans intervenir pour mieux observer, et peut-être déceler un détail, un indice qui lui permettrait de continuer. Quand la porte se fut fermée derrière le curé, Marie sanglotait toujours.

— On n'en tirera jamais rien, sanglota-t-elle.

— Je sais, soupira Brunet. Pardonnez-moi de vous avoir infligé une souffrance inutile.

— J'en crève, murmura Marie en s'essuyant le visage.

Ils sortirent de la prison. Alain Brunet proposa à Marie de déjeuner avec lui dans une brasserie du coin. Elle accepta. Ce qui la torturait, c'était son incapacité à trouver une piste, même infime. Elle avait cherché, fouillé dans le passé de Paul pour rédiger une liste de ceux qui auraient pu lui en vouloir. Mais aucun nom ne s'était imposé à son esprit.

— La difficulté, c'est que le coupable peut très bien nous faire bonne figure et nous ne le soupçonnons pas, dit la jeune femme. C'est un crime parfait.

— Non, répliqua vivement Brunet. Le crime parfait n'est possible que si l'administration décide qu'elle ne peut plus rien. C'est le cas pour Paul, puisque l'instruction est bouclée, mais je reste persuadé qu'en y consacrant du temps on finira par trouver la vérité.

— Je le souhaite de tout mon cœur. Paul a le sentiment d'être coupable de la mort de ses compagnons de pêche et de son frère. Paul ne se sent pas digne de ceux qui l'aiment. Voilà la vérité. C'est une grande âme.

— Ou un orgueilleux, répliqua le commissaire.

— Peut-être, mais alors l'orgueil des âmes nobles, celui qui est issu des plus belles valeurs morales de l'humanité.

— Il se peut aussi que Paul se complaise dans cette situation, reprit Brunet. Accusé et condamné, c'est une manière pour lui de faire pénitence.

Marie évoqua les jours qui avaient suivi le naufrage du *Fringant*. Elle n'avait pas été étonnée d'apprendre sa tentative de suicide. Elle avait couru à son chevet et avait trouvé un Paul désespéré : « Je ne suis même pas capable de mourir dignement ! » lui avait-il dit en tournant la tête pour ne pas rencontrer son regard. Le lendemain, il allait mieux, mais son visage restait sombre. Il lui avait dit alors : « Il faut que je fasse le point avec moi-même. Je vais partir quelque temps dans un monastère. » Marie s'était étonnée d'une telle résolution, qui ne lui ressemblait pas. À sa sortie de l'hôpital, il lui avait annoncé son départ pour Sept-Fons. « Je te demande pardon, avait-il ajouté. L'homme que tu as aimé est mort dans l'indignité et la honte. Celui que je suis devenu doit donner un sens à sa survie. »

— Paul est le seul homme que j'ai aimé, le seul que j'aimerai toute ma vie, confia Marie au jeune commissaire. Vous m'avez peut-être soupçonnée d'être la criminelle pour le faire condamner. Cela aurait pu être possible. Je lui en ai tellement voulu. J'ai vraiment cru le haïr.

— Ce n'est pas toujours facile de faire la part des choses.

— Il faudrait deux miracles pour retrouver mon Paul, poursuivit Marie. Le premier pour confondre le meurtrier de Legyère, le second pour le guérir de la honte qui le tient dans sa toile. Car je ne crois toujours pas à sa vocation de prêtre !

— Ah bon ? s'étonna le commissaire.

— C'est la seule issue qu'il ait trouvée pour justifier sa survie.

Le portable du commissaire sonna. Sans reconnaître le numéro affiché, Brunet décrocha et murmura un « allô » distrait. Silencieux, il écoutait avec attention son interlocuteur en jetant un regard intrigué sur Marie.

— Je ne pense pas que ce soit une bonne idée, dit-il en glissant le téléphone dans sa poche. Voilà qui m'intrigue beaucoup ! Il paraît que le gamin de Sabrenat, vous savez, celui qui a retrouvé l'arme du crime, a téléphoné à l'assistante sociale qui s'occupe de lui pour voir Paul !

Marie, que la nouvelle plongea dans une profonde perplexité, fronça les sourcils et baissa les yeux sur son assiette. Brunet brûlait d'avoir son opinion. Pour lui, c'était totalement insensé. Mais la réponse de Marie le surprit :

— Paul est attaché à cet enfant. Il m'a demandé de ses nouvelles et regrette de ne plus avoir de contacts avec lui. Je pense que, pour Amaury, ça peut être une bonne chose.

— Je ne suis pas de votre avis. Croyez-vous qu'il soit bon de montrer un homme encadré par des policiers à un gamin qui accumule les bêtises ? N'est-ce pas aller dans le sens contraire de ce qu'on voudrait ? Il prendra le parti du prisonnier, c'est certain !

— Vous avez peut-être raison. Mais Paul saura lui parler, j'en suis sûr. Et puis, Paul est innocent. La présence d'Amaury lui fera du bien. Je doute que cela l'incite à donner le moindre indice. Mais dans l'immense solitude où il se trouve, je sais que l'affection de cet enfant lui fera chaud au cœur.

Brunet observa un instant Marie. Elle avait la beauté solide des femmes mûres que les toutes premières rides embellissent. Il sentait dans son regard une force, une détermination qui l'encourageait à persister dans sa démarche. Marie était entière. Ce qu'elle avait cru être de la haine pour Paul avait retrouvé sa véritable nature : un amour total.

— C'est quand les hommes sont dans la détresse qu'il faut les assister, le reste du temps, ils n'ont besoin de personne, murmura-t-elle.

— Bon, décida Brunet, je vais rappeler l'assistante sociale et essayer d'arranger cette visite. J'aimerais que vous soyez présente. Inutile qu'il me voie, on ne sait jamais !

— J'allais vous le proposer, dit Marie, faisons ça au plus vite.

Vers cinq heures de l'après-midi, Mme Vouzac, poussant Amaury devant elle, se présenta à la maison d'arrêt de Quimper où Marie et Alain Brunet l'attendaient. Marie embrassa le gamin sur les deux joues, mais le petit sauvage se libéra vite de son étreinte. Il regrettait d'être venu et regardait la rue comme s'il attendait le moment propice pour s'échapper. Maintenant qu'il était entré dans ce bâtiment aux murs lourds, aux fenêtres grillagées, il avait l'impression d'étouffer. En surfant sur Internet, Amaury avait vu des tas de lieux de détention, mais c'était en images. Ici, il se sentait écrasé, réduit en miettes, perdu.

— Bon, tout est prêt, dit Marie. Paul est très heureux que tu aies accepté de venir.

Honteux d'avoir montré devant des adultes un sentiment pour quelqu'un, Amaury faisait sa vilaine grimace. La seule envie de voir Paul n'était-elle pas la preuve de son attachement ?

— Je veux m'en aller ! dit-il enfin en se dirigeant vers la porte.

Mme Vouzac l'arrêta.

— Ah non, répliqua-t-elle. On a fait des pieds et des mains pour te satisfaire, alors maintenant, tu vas au bout de ta démarche.

Un policier en uniforme vint les chercher. Amaury avait du mal à marcher et ne refusa pas la main que Marie lui tendait. Il était blême, la mâchoire agitée par des mouvements brusques. Tout ce qu'il avait imaginé de ces lieux d'incarcération, où son père n'avait même pas eu le temps d'être admis, se pressait dans son esprit. Il marchait en traînant les pieds sur le sol. Mme Vouzac était attentive à ses réactions. Le pédopsychiatre avait été formel : « Il se peut que le choc libère des angoisses refoulées et lui fasse prendre conscience de ses erreurs. » Maintenant, l'assistance sociale avait pitié de ce bonhomme plutôt fluet pour son âge, blême de peur. Elle connaissait le chat sauvage, elle découvrait un enfant tremblant, traumatisé par la mort de son père et l'abandon de sa mère. « Pauvre petit gars, pensait Mme Vouzac, ce n'est pas lui le coupable. Ses bêtises ne sont que des appels au secours ! »

Ils arrivèrent dans la salle des visites. Amaury ne pouvait détacher son regard de la grille qui séparait le parloir en deux parties, l'une ouverte sur l'extérieur, l'autre fermée, cadenassée, oppressante. Il peinait à se tenir debout. Sa main crispée sur celle de Marie, il respirait à peine.

La porte du fond s'ouvrit. Deux policiers en uniforme entrèrent dans la pièce, puis le prisonnier s'approcha de la grille. Le regard de Paul brûlait le gamin qui gardait la tête baissée.

— Bonjour, dit le prêtre de sa voix calme et chaude.

Alors, Amaury osa lever les yeux. Le visage amaigri, osseux, faisait ressortir la balafre du prisonnier. Ses larges épaules qui écrasaient sa silhouette impressionnaient l'enfant. Amaury ne savait exprimer ses sentiments que par la révolte et les cris. Soudain, une horrible grimace déforma son visage. D'un mouvement brusque, il se libéra de Marie, poussa un hurlement strident et courut vers la porte où un policier l'arrêta. L'enfant se débattit en frappant celui qui voulait le retenir. Mme Vouzac cria :

— Amaury, qu'est-ce qui te prend ?

Il comprit que l'homme en uniforme ne le laisserait pas s'échapper. Alors son corps se vida de la fureur qui décupla ses forces, il devint mou comme une enveloppe vide. Il tomba au sol, les épaules secouées de sanglots. Marie se pencha sur lui et l'aida à se relever. Il tremblait et, comme il se tournait vers Paul, il cria :

— Sales flics, pourquoi vous l'avez mis en prison ?

Marie échangea un regard étonné avec le policier, puis caressa le front du gamin qui pleurait toujours.

— Je t'en prie...

— Pourquoi vous l'avez enfermé ? cria de nouveau Amaury, il n'a rien fait, rien, comme mon papa que vous avez tué sur le trottoir !

Cette fois, Marie se tourna vers Paul qui n'avait pas bronché. Puis, mesurant la portée d'une telle parole, la jeune femme lui demanda :

— Qu'est-ce que tu dis ?

— Je sais tout, ajouta Amaury. J'étais dans le garage du curé le soir de la tempête. J'étais caché parce que ma grand-mère me cherchait. J'ai vu la femme qui est entrée au presbytère, j'ai tout entendu. Elle a parlé de vengeance, de secret et de je sais plus quoi. Elle a parlé aussi du pistolet, je me souviens très bien qu'elle a dit : « M. Legyère a été tué ce soir avec cette arme et vos empreintes sont dessus. » Elle a ajouté qu'on allait accuser M. Paul et qu'il ne pourrait rien dire.

Paul n'avait pas bronché. Le commissaire Brunet, qui avait tout entendu d'une pièce voisine, fit irruption et s'écria :

— Cette femme, demanda-t-il, tu la connais ?

— Non, répondit le gamin en cachant sa figure dans ses mains.

— Mais tu la reconnaîtrais ?

Il fit oui de la tête.

— Elle a les cheveux courts et n'est pas très grande. Elle a parlé de son mari qui s'appelait Antoine !

Marie et Brunet échangèrent un regard étonné. Amaury désignait-il Pétronille ? La jeune femme si douce, si dévouée, qui était intervenue auprès de son cousin pour obtenir une visite ? Avait-elle eu l'aplomb de se venger froidement et de ne rien en laisser paraître ?

— Cette fois, dit Brunet, je crois qu'on tient le bon bout !

De l'autre côté de la vitre, Paul s'était mis à genoux et, les yeux fermés, murmurait une prière. Quand Marie s'approcha, le visage radieux, il leva sur elle des yeux mouillés.

— Mais qu'as-tu ? Tu n'es pas content ?

Quelque chose s'écroulait en lui. Il se sentait plein de compassion pour celle à qui on allait demander des comptes. Ses anciens démons ressurgissaient, il ne connaîtrait pas un moment de repos. L'arrestation de Pétronille ne ferait qu'accroître son sentiment de culpabilité. Il ne dit pas un mot et s'éloigna au fond de la pièce, toujours gardé par deux policiers.

22

Interpellée le soir même et conduite en garde à vue, Pétronille avoua vite son crime et sa machination. Elle avait cru que la vengeance lui rendrait la joie de vivre. Après en avoir joui pendant quelque temps, après avoir vu Paul derrière les barreaux lors de sa visite avec Marie, elle portait son forfait comme un fagot d'épines. Elle ne vivait plus, redoutant à chaque instant que la vérité n'éclate. Elle était soulagée d'avouer au commissaire Brunet comment elle s'y était prise. Legyère était un homme à femmes, cela, tout le monde le savait, mais le commissaire ignorait qu'il avait fait la cour à Pétronille. Elle l'avait abattu à bout portant, sans le moindre état d'âme, certaine qu'en se vengeant elle supprimait un salopard. L'arme appartenait à son mari, qui participait à des compétitions de tir à Quimper.

— Mais vous n'avez pas redouté qu'on entende le bruit ? On aurait pu vous voir !

— Mes filles étaient chez ma belle-mère, près de Sabrenat. J'avais passé l'après-midi à me promener sur les falaises pour m'assurer que personne ne s'y trouvait. Le bruit de la tempête et des vagues qui se brisaient sur les rochers était suffisant pour couvrir celui de la détonation. La preuve, personne n'a entendu !

Paul Benalec fut libéré le jour même. Marie l'attendait à la porte de la maison d'arrêt. Quand elle le vit sortir, elle hésita à courir vers lui. Il lui sourit et elle l'embrassa avec emportement. Il ne répondit pas à son étreinte ; pourtant, l'émotion l'étranglait. Elle lui prit la main et l'emmena jusqu'à sa voiture.

— On peut aller chez moi, proposa-t-elle. Tu te souviens peut-être, il y a deux chambres et deux lits.

Il sourit et répondit à voix basse :

— Je ne sais plus ce que je veux, ni où je vais.

Ce désarroi plongea Marie dans une grande joie. Elle espérait très égoïstement que Paul lui reviendrait, qu'il comprendrait que sa vocation de prêtre n'était peut-être pas aussi sincère qu'il le pensait et qu'il pouvait racheter sa faute d'une autre manière que par le sacrifice.

— Je veux retourner à Sabrenat.

Marie n'insista pas et le conduisit au village. À leur arrivée, Hervé Jugon sortit de son bistrot pour le saluer. Les gens arrivaient des maisons alentour, acclamaient leur curé balafré qui sortait de prison après avoir accepté d'être condamné pour ne pas trahir un secret de confession. Malgré ses idées, ils le préféraient à Jules N'Mabok. Décidément, ils ne s'habituaient pas à ce nouveau prêtre. Celui-ci vint saluer son collègue. Les deux hommes, qui ne se connaissaient pas, échangèrent quelques paroles. Jules proposa à Paul de rester à Sabrenat en attendant que l'évêché lui ait trouvé une nouvelle affectation. Il accepta.

Un attroupement s'était formé autour de Georges Dumas et de Juliette Usellat. Le retour du curé était une bonne nouvelle pour eux. Il était blanchi et son comportement durant ses deux semaines de détention militait en sa faveur. Ceux qui avaient signé une pétition pour le renvoyer considéraient qu'il n'était pas si mal, et en tout cas mieux que Jules qui bousculait les habitudes locales en accompagnant la messe d'une musique rythmée par une batterie et les puissants accords de guitares électriques.

— Il faut prévenir l'évêché, dire qu'on veut reprendre le père Benalec, dit Georges Dumas.

— Ils vont nous dire qu'on ne sait pas ce qu'on veut ! On a fait une pétition pour s'en débarrasser et maintenant on fait une pétition pour le garder !

— On expliquera que c'était à cause des soupçons qui pesaient sur lui. Le voilà blanchi maintenant, et rien ne s'oppose à ce qu'il reprenne sa place parmi nous !

Ils étaient prêts à accepter les idées particulières de Paul, son refus des statues et des textes sacrés, sa notion même de Dieu pourvu qu'on les débarrasse du curé N'Mabok.

Paul se dirigea vers la maison de Marthe. Il avait beaucoup pensé à elle pendant sa détention. La vieille femme l'accueillit avec effusion, les yeux mouillés de bonheur. Elle le fit asseoir et lui proposa un café. Elle aussi le regrettait. Le nouveau curé avait des habitudes alimentaires qu'elle était incapable de satisfaire. Elle embrassa Marie et lui présenta une chaise à côté de Paul.

— Ce pauvre Amaury, dit enfin Marthe, revenant à sa principale préoccupation. Je ne vis plus sans lui. Il est infernal, mais c'est mon petit. J'espère qu'il n'est pas malheureux là où il est. Je comprends qu'il fallait le séparer de moi, mais quand même…

Elle poussa un gros soupir.

— C'est un écorché vif, un garçon sans méchanceté, dit Paul. Vous verrez, il s'en tirera.

— Dieu vous entende, ajouta Marthe.

— Je vais faire mon possible, répondit Paul en se dirigeant vers la porte.

Il était revenu pour un autre rendez-vous avec lui-même. Il s'éloigna du village. Marie, qui avait compris, l'accompagna sur le sentier conduisant à la falaise. Il s'arrêta au bord du précipice, face à l'océan dont les gris jouaient sur un fond mauve et changeant. La marée était haute, des vagues pressées couraient vers les rochers et s'y brisaient en gerbes blanches. Les nuages au-dessus de l'horizon annonçaient du gros temps, tout comme les cris des goélands qui s'intensifiaient avant les tempêtes. Paul s'arrêta, le visage fouetté par le vent du large. Une peur panique lui triturait l'estomac. Les mouvements de l'océan qui engloutit, qui emporte ses proies le mettaient face à lui-même et il claquait des dents. Qu'attendait-il pour partir vers l'intérieur des terres, oublier l'instabilité des bateaux, la force des bourrasques et le cri strident des goélands ? Vaincu, les jambes flageolantes, un froid glacial l'envahissait…

Marie le rejoignit et posa sa tête sur son dos, entre les omoplates. La tempête qui se préparait n'était rien à côté de celle qui se déchaînait en lui. Elle murmura :

— Paul, je t'aime.

Il eut un mouvement de la tête, comme pour chasser ses démons intérieurs, puis, brusquement, se retourna.

— On s'en va ! grogna-t-il, conscient d'être lâche devant l'adversaire qui gagnait une nouvelle fois.

Les piaillements des oiseaux devenaient insupportables, raclements de fer rouillé qui déchiraient ses chairs. Les images défilaient : Médéric Lebleu lui jurant de lui « casser la gueule » s'ils échappaient à la tempête, Antoine faisant son possible à la barre pour maintenir le bateau à flot, et Alexandre, terrorisé par sa première tempête, affalé dans un coin, qui vomissait. Et puis la grosse vague était arrivée sur eux, la vague scélérate, comme les marins l'appellent, parce que rien ne permet de la prévoir et qu'elle engloutit tout sur son passage…

— On s'en va ! répéta-t-il, sans se préoccuper de Marie qui restait en retrait.

Il courait, poussé par une peur qu'il ne maîtrisait plus. Il baissait la tête pour éviter les branches basses. Son grand corps cassé en deux fuyait un cauchemar qui ne s'effacerait jamais.

Au village, Marie lui proposa une nouvelle fois de l'emmener chez elle, mais Paul préféra rester avec Jules N'Mabok.

— Qu'est-ce que tu vas faire ?

Il haussa les épaules. Il était aussi perdu qu'un enfant, aussi peu sûr de lui que le jeune Amaury.

— Je reviendrai demain. Sois sans crainte, je ne t'abandonnerai pas ! dit Marie en posant un rapide baiser sur sa joue. Je respecterai ta décision quelle qu'elle soit, souffla-t-elle en s'éloignant en direction de sa voiture.

Paul porta la main à sa cicatrice qui lui faisait mal par mauvais temps. Il entra dans le presbytère. Marthe était en train de préparer le repas du jeune curé, dans la cuisine.

Paul rejoignit Jules N'Mabok dans le bureau où il lisait son bréviaire.

— On dit que la religion est universelle mais ce n'est pas vrai. Ici, les gens ne me considèrent pas comme un véritable curé parce que je ne leur ressemble pas.

— Il est temps de dépasser les différences, répondit Paul. Dieu n'a pas de couleur, pas de nom, pas de forme. Et il ne préfère pas une religion à une autre !

— Certes, mais Jésus était juif. Dans l'Ancien Testament, Dieu a choisi le peuple juif, le peuple élu. Une façon de créer une hiérarchie entre les peuples, entre les hommes. Nous, les Africains, sommes les derniers de la liste !

— L'Ancien Testament est totalement dépassé, c'est un texte écrit par des hommes et pour des hommes. Dieu y est pris en otage par ceux qui veulent imposer leur supériorité. Dieu devient la cause de tant de guerres, tant de souffrances !

Nous avons fait beaucoup de progrès techniques, mais sur le plan spirituel, nous en sommes encore au Moyen Âge. Il est temps d'évoluer.

Jules regardait avec curiosité ce prêtre dissident aux allures de lutteur. Venu d'un lointain Cameroun, il ne pouvait être que de son avis. En chassant les statues des églises, Dieu ou Jésus ne seraient ni blancs, ni noirs, mais universels.

— La Bible n'est qu'un mauvais conte pour enfants, poursuivit Benalec. Si on n'y prend pas garde, les chrétiens se détourneront de notre parole pour aller chercher ailleurs des croyances plus conformes aux raisonnements modernes.

— Comment peux-tu accepter d'être prêtre et parler de la sorte ? demanda Jules. On a l'impression que vous n'êtes pas croyant !

Alors, Paul exposa le fond de sa pensée. C'était la première fois qu'il parlait ainsi, avec autant de franchise, qu'il exprimait ses doutes longuement ressassés en prison :

— Je ne suis pas certain que je sois fait pour être prêtre !

Jules N'Mabok contemplait l'homme qui lui faisait face, son visage osseux, ridé, enlaidi par la balafre. Il osa :

— Tu as reçu le sacrement. Si tu renies tes vœux, tu seras excommunié !

— Ce ne sont que des mots d'hommes destinés à faire peur. Qu'est-ce que ça signifie, l'excommunication ? On peut se tromper, non ? Dieu n'en veut pas à un homme de s'être trompé.

— Peut-être as-tu raison, mais je ne veux pas aller dans ton sens.

— Je ne suis pas fait pour obéir à une hiérarchie, ajouta Paul. Je n'ai de comptes à rendre qu'à ma conscience !

Jules sourit. Paul le dissident le confortait dans son propre engagement. Cet ancien marin pêcheur lui ouvrait de nouvelles perspectives.

—Je vais partir d'ici, réfléchit-il à haute voix. Je vais demander à retourner en Afrique. Là-bas, les enfants ont besoin de moi.

Paul découvrait un jeune homme sensible et agréable, extrêmement généreux et conscient de ne pas être utile aux paroissiens bretons. Jules lui raconta son enfance en Afrique, son amitié avec un prêtre paysan.

—Je voulais suivre le même chemin et voilà que je me retrouve en Bretagne, si loin de chez moi où il y a tant à faire !

Ils bavardèrent ainsi jusqu'à très tard dans la nuit. Paul se sentait bien auprès de ce jeune homme ouvert et dévoué. Il oubliait ses peurs. Parfois, fugitive, l'image de Marie passait devant son regard.

— Avant d'être prêtre, je vivais avec Marie que tu as vue cet après-midi. On devait se marier.

Il n'alla pas plus loin, conscient de sa faiblesse.

Jules leva ses grands yeux sur Paul. La privation des femmes le tourmentait constamment, mais il n'osa pas en parler. Il dit finalement :

— Dieu ne s'oppose pas à l'amour d'un homme pour une femme. Rien ne t'empêche de l'aimer encore. Pardonne-moi de parler comme ça. Moi, je n'ai connu aucune femme, alors si j'allais vers l'une d'entre elles, ce serait un péché puisque je me suis engagé à ne pas le faire. Mais toi, c'est différent. Dieu ne te demande pas de sacrifier une innocente. Ce serait contraire à Sa loi d'amour, conclut-il en souriant.

Paul restait silencieux. Le grondement lointain de l'océan accaparait ses pensées.

— Un enfant m'a sorti de prison, murmura-t-il enfin, et j'ai bien conscience de ne pas être digne du cadeau qu'il m'a fait. Pourtant, il m'a montré le chemin.

— Dieu s'exprime souvent par l'intermédiaire des enfants, murmura Jules.

23

Amaury était chez les Blondin depuis une dizaine de jours. Les vacances de la Toussaint arrivaient. Mme Vouzac, considérant que le jeune garçon faisait de grands progrès, décida qu'il ne retournerait pas chez sa grand-mère. L'enfant en fut tellement contrarié qu'il chercha immédiatement un moyen de s'échapper. S'il attendait encore, avec des journées de plus en plus courtes et une météo qui s'annonçait capricieuse, il devrait ajourner une fois de plus son projet.

Depuis quelque temps, Théo s'étonnait de la facilité avec laquelle Amaury lui prêtait son ordinateur. « Je sais tout, avait dit le gamin sur un ton blasé. J'ai plus rien à apprendre ! » Les logiciels piratés sur Internet avaient rempli leur rôle. Comme il devait se rendre à Sabrenat par ses propres moyens, il avait dû s'entraîner virtuellement à conduire une voiture, ce qui lui sembla plus compliqué que le pilotage d'un bateau en haute mer.

Considérant qu'il ne pouvait plus attendre, l'enfant décida de jouer son va-tout le dimanche de la Toussaint. Le ciel était clair mais le vent soufflait assez fort. Il n'avait pas pu écouter la météo, mais cela n'avait pas d'importance. Il se rendit à la messe, comme Monique l'exigeait de ses pensionnaires. À la fin de l'office, ils rentrèrent à la ferme. C'était l'heure où Monique exigeait qu'on reste dans sa chambre pour faire ses devoirs, même pendant les vacances. Si elle était inflexible envers Théo et Hassan, elle laissait Amaury plus libre afin qu'il ne perturbe pas ses camarades. Le cancre bénéficiait ainsi d'une certaine liberté, un privilège aux yeux des autres. Monique voulait agir par étapes : d'abord stabiliser le gamin, ensuite, le faire travailler.

Amaury avait tout préparé : l'itinéraire par des petites routes peu fréquentées par les gendarmes, le départ au retour de la messe. Henri avait laissé sa voiture devant le portail pour se rendre chez ses vieux parents dans l'après-midi, ce qui simplifiait grandement l'opération pour le garnement. Restait à voler la clef du véhicule posée par habitude sur un coin de la table basse dans le salon, bien en vue. Amaury n'eut aucun mal à s'emparer du trousseau. D'un geste rapide, profitant d'un instant où personne ne le regardait, il le fit disparaître dans la poche de son pantalon. Puis, il n'eut qu'une hâte, sortir, s'échapper, mais il devait être prudent pour ne pas attirer l'attention.

Il traversa la cour les mains dans les poches, dissimulant son impatience. Le vent balayait le ciel aussi fin qu'un tissu de soie. Il passa le portail, jeta un regard circulaire. La cour était vide, les poules grattaient la paille éparpillée devant la porte de l'écurie. Il se cacha derrière le mur, attendit un instant, le cœur battant, fiévreux. Il n'avait pas eu beaucoup de temps pour s'entraîner sur le logiciel de simulateur de conduite automobile et redoutait la confrontation avec la réalité. Ce qui semblait facile derrière un écran l'était moins sur une route sinueuse, avec un véritable volant.

Un dernier regard à droite, à gauche, et il ouvrit la portière, puis la referma délicatement en évitant de la claquer. Il posa les mains sur le volant, la tête dépassant à peine du tableau de bord. La peur qui l'étreignait répandait en lui une délicieuse excitation. Jamais il n'avait vécu avec autant d'intensité. Il pensait à son père au volant d'une puissante

voiture après son premier braquage, son père poursuivi par
la police et réussissant à s'échapper. Il retrouvait sa véritable
tribu, tant pis si on l'abattait sur un trottoir !

D'un regard rapide, il parcourut le tableau de bord,
vérifia que le levier de vitesse était bien au point mort.
C'était exactement comme sur son simulateur, et pour
l'instant il ne se sentait pas dépaysé. Il tourna la clef, le
moteur démarra. Il approcha le siège, enfonça la pédale
d'embrayage, qui lui sembla très dure, enclencha une
vitesse, desserra le frein à main puis lâcha l'embrayage un
peu vite. La voiture fit une embardée, mais il reprit vite le
contrôle. Il tenta de changer de vitesse, réussit. Suivre la
route n'était pas difficile. En quelques minutes, il sut adap-
ter les coups de volant aux tournants. Pour ne pas attirer
l'attention des autres conducteurs, il s'obligeait à respecter
le code de la route et restait bien à droite. Il poussa un cri
de triomphe.

Au bout de quelques kilomètres, un stop l'obligea à s'arrêter. Deux gendarmes surveillaient la circulation, debout à côté
de leur fourgon bleu. Amaury se dit que son aventure allait
s'arrêter là, mais il ne se démonta pas. Les deux hommes,
qui bavardaient, ne virent pas que la voiture qui repartait
était conduite par un enfant. Amaury traversa le village en
jubilant.

Il approcha de Sabrenat, étonné de ne pas avoir été
arrêté. La chance était avec lui, cette chance qui avait tant
manqué à son père. Il pensa qu'Henri ne s'était sûrement pas
encore aperçu du vol de son véhicule et que Monique s'occupait dans sa cuisine. Le dimanche, ils déjeunaient toujours plus
tard que d'habitude.

À un panneau indiquant l'arrivée à Sabrenat, Amaury
engagea la voiture dans un chemin de terre, où il s'arrêta.
L'horloge indiquait presque quatorze heures. Le temps était
assez calme. Il se demanda si les pêcheurs étaient sortis.

Dans ce cas, il devrait attendre leur retour et la fin de la criée. Il s'éloigna du véhicule, qui risquait de le faire repérer, prit un chemin par la petite forêt pour s'approcher du port. Il fut étonné par le calme qui y régnait. La plupart des bateaux étaient là, ce qui lui parut étrange. Mais cela simplifiait son projet. Il fit un détour jusqu'aux falaises et constata que le vent s'était renforcé. Une barre de nuages menaçants se dressait au-dessus de l'horizon, annonçant une tempête, mais Amaury s'était suffisamment exercé sur son ordinateur pour affronter tous les gros temps. Il fouilla sous les rochers et trouva facilement la petite boîte de pastilles avec la clef. Il l'enfouit rapidement dans sa poche. Le *Sémillant*, le magnifique bateau d'Éric Laroch, peint de frais, solide, capable d'affronter toutes les tempêtes jusqu'à l'autre bout de l'océan, était à quai. Amaury se dissimula derrière un gros arbre et attendit. Après un long moment d'observation, pour s'assurer que la voie était libre, il inspira profondément, courut jusqu'à l'embarcadère, dénoua la corde d'amarrage et sauta à bord. La clef enfoncée dans le contacteur, le moteur démarra. Amaury manœuvra le bateau près du quai et longea la digue. Personne ne s'était aperçu de rien. Le port restait désert. Il sortit, prit la direction du large. Les vagues étaient de plus en plus fortes, mais, s'il se laissa surprendre au tout début, il sut vite les attaquer pour les franchir sans difficulté. Amaury poussa un cri de joie. L'Amérique l'attendait juste derrière l'horizon gris où le ciel et l'eau se confondaient. Une multitude d'oiseaux accompagnaient l'embarcation, formant un cortège triomphal. Plus tard, Amaury serait marin, il ferait le tour du monde en solitaire, gagnerait la Route du Rhum. Il afficha un cap plein ouest en tenant solidement la barre...

Paul Benalec marchait sur les falaises en compagnie de Marie. La jeune femme était venue en tout début d'après-midi passer quelques heures avec son ancien compagnon. Elle se contentait de sa présence sans rien attendre en retour. Cette abnégation touchait le prêtre qui se sentait toujours lié à elle par un amour qu'il n'avait plus le droit de bafouer. « Je n'ai de comptes à rendre qu'à ma conscience, qui est le reflet de Dieu », répétait-il comme pour s'en convaincre lui-même.

Tout à coup, elle tendit le bras en direction du port :

— C'est qui ce gamin qui détache le bateau ?

Paul vit nettement Amaury sauter à bord du *Sémillant* et entrer dans la cabine de pilotage. Le moteur, en démarrant, libéra un panache de fumée noire. Le bateau longea la digue et se dirigea à pleine puissance vers le large. Paul s'exclama :

— C'est pas possible ! Qu'est-ce qu'il ferait là ?

— Qui ? demanda Marie. De qui tu veux parler ?

— Mais Amaury, évidemment ! Viens !

Ils coururent jusqu'au port. La place vide du *Sémillant* se découpait le long du quai et montrait l'invraisemblable : quelqu'un quittait le port alors que la tempête se préparait. Jérôme Neyrec, qui était en train de nettoyer son bateau, sortit de la cale.

— Qu'est-ce qui se passe ? J'ai entendu un bateau démarrer, j'ai cru qu'Éric essayait le moteur du *Sémillant*, alors je ne m'en suis pas préoccupé. Mais qu'est-ce qui lui prend de partir ? Il n'a pas vu les cendres sur l'horizon ? Ça va faire méchant !

— On n'a pas une minute à perdre ! s'écria Paul. C'est le gamin de Marthe qui a piqué le bateau !

Jérôme se tourna vers le bout de la rade et vit le *Sémillant* qui filait vers le large. Paul sauta à bord.

— On ne peut pas le laisser, vite, mets en route, on va le chercher !

Puis, se tournant vers Marie qui était restée sur le quai, il cria :

225

— Va alerter les secours !

Malgré le sérieux de la situation, Marie sourit. Elle retrouvait Paul tel qu'il était autrefois, directif, plein de volonté.

— Mets en marche ! hurla Paul à Jérôme, qui hésitait.

— Pas si vite. J'ai pas envie de casser mon bateau pour ce garnement. Il suffit de téléphoner aux secours…

— Tu as un portable sur toi ?

— Non.

— Moi non plus, et c'est dimanche, ajouta Paul. Avant que les secours n'arrivent, le gamin a largement le temps de se noyer. Tu as vu la taille des vagues ? Mets en route, je te dis !

Paul avait détaché l'amarre du *Margot* et poussait Jérôme vers la cabine. Le pêcheur hésitait encore, tout en mesurant l'urgence de la situation.

— Écoute, le *Sémillant* est trop rapide. Mon moteur n'est pas tout neuf, et puis…

— Et puis fonce ! cria Paul.

Le bateau dépassa la digue. Là, le vent leur opposa sa force rageuse. D'énormes vagues soulevaient l'embarcation. Le *Sémillant* avait disparu devant eux dans une grisaille de mauvais augure. Atterré, Paul regardait les crêtes s'effilocher en longues lanières blanches. La peur lui broyait les entrailles. Il se mit à trembler. Livide, claquant des dents, il s'affaissa et se prit la tête entre les mains.

— Eh bien, monsieur le curé, qu'est-ce qui vous prend ? demanda Jérôme.

— C'est rien, dit Paul. Continue.

Une sueur froide ruisselait sur son front. Incapable de se tenir debout, il s'accrochait au bastingage en regardant le plancher.

— Ça se gâte, on ne tiendra pas longtemps !

— Avance, je te dis !

Paul s'était dressé. Titubant, il s'approcha de Jérôme, qui tenait la barre et faisait son possible pour garder son bateau face aux vagues.

— Qu'est-ce qui vous prend ? demanda le pêcheur. Le mal de mer ? Vous en faites pas, même ceux qui sortent tous les jours en souffrent parfois !

— C'est la première fois que je remonte sur un bateau depuis le naufrage, grogna Paul.

— Alors, je comprends, répondit Jérôme.

Comme tous les marins, Neyrec avait connu de mauvais moments sur cet océan jamais tendre avec ceux qui le fréquentaient. Combien de fois avait-il échappé au pire en se disant que c'était un miracle ? Il savait aussi que la peur était mauvaise conseillère, et s'attacha donc à tenir fermement la barre.

— Jamais on n'y arrivera. Je vais envoyer un message à Concarneau !

Paul mesurait l'ampleur que prenait la tempête. Il savait que les secours mettraient du temps avant d'arriver et que, très vite, ils ne pourraient plus intervenir. Les vagues roulaient, noires, de plus en plus hautes et lourdes. Des murs de plomb heurtaient la coque de bois.

— Continue, je te dis !

— Non, c'est de la folie, hurla Jérôme. Il faut faire demi-tour. C'est pas la peine de casser deux bateaux, et nous avec !

Quelque chose se débloqua dans l'esprit de Paul, une barrière se rompit. Il se dressa tout à coup, le regard dur. Une main solide se posa sur l'épaule de Jérôme qui s'étonna d'une telle métamorphose.

— On continue, je te dis, cria Paul en bousculant Jérôme et en prenant la barre.

Il n'avait plus peur. Il redevenait lui-même. Le marin expérimenté et courageux qu'il avait été devait sauver

Amaury. Tout en dirigeant le bateau contre les vagues, il ne pensait pas à Dieu, mais à la nécessité de rattraper le *Sémillant*.

— Ton moteur est vieux ? hurla-t-il à l'intention de Jérôme.

— Il est ce qu'il est, mais c'est moi le maître à bord, alors, je fais demi-tour !

— Pas question !

— Si on s'en sort, on réglera nos comptes, monsieur le curé !

Enfin, dans le creux d'une vague, ils virent le *Sémillant*. Le bateau n'avançait plus, ballotté comme un bouchon.

— Le voilà, fit Paul triomphant. Qu'est-ce qui se passe ? Il faut l'approcher.

— Vous n'y pensez pas, c'est dangereux !

Sans répondre, Paul manœuvra comme il put, tant le vent était fort et les mouvements du bateau imprévisibles. Le *Sémillant* semblait vide, livré à lui-même. Où était Amaury ? Serait-il passé par-dessus bord ?

Jérôme mesurait le courage de ce curé qui avait retrouvé son pied marin et une étonnante dextérité à manœuvrer malgré un vent changeant et les violentes bourrasques.

— Je vais essayer d'aborder. Mets le *Margot* dans le sens du *Sémillant* et approche lentement, ordonna Paul. Les deux seront pris dans le même mouvement. Avec un peu de chance, je vais pouvoir sauter à bord.

— Vous n'y pensez pas, vous allez vous tuer !

— Non, je me suis attaché. Si je tombe à la mer, tu n'auras qu'à me repêcher !

— Et si vous êtes écrasé entre les deux coques ?

— T'occupe pas ! Fais ce que je te dis !

Jérôme comprit qu'il avait affaire à un véritable patron, un de ces marins dont les ordres ne se contestaient pas parce que leur force, semblable à celle de l'océan, s'imposait à tous.

La première tentative échoua, le bateau se rapprocha du *Sémillant* mais s'en éloigna brutalement de plusieurs mètres. Déséquilibré, Paul faillit tomber à l'eau. Il se retint grâce à la corde et demanda à Jérôme de tenter une nouvelle approche.

— Mais où est le gamin ? cria-t-il encore d'une voix qui se perdit dans le tumulte des vagues déferlantes.

La deuxième tentative fut la bonne. Au moment où le *Margot* heurta le *Sémillant*, Paul enjamba le bastingage et se lança en avant. Il roula sur le pont fouetté par des paquets d'eau gelée. Il se releva vivement et se hissa jusqu'à la cabine dont la porte ouverte claquait à chaque embardée. Amaury était là, recroquevillé, la tête sur les genoux. Insensible aux gerbes d'eau qui le frappaient. Paul le secoua.

— Est-ce que tu vas bien ? hurla-t-il.

Un sanglot lui répondit.

— T'en fais pas, je vais te tirer de là ! cria encore Paul.

Puis il sortit, sa voix dominait le tumulte du vent et de l'eau brassée.

— Tu peux rentrer maintenant, dit-il à Jérôme. On va se débrouiller.

Depuis son bateau, Jérôme pouvait voir Paul se démener, solide sur ses jambes malgré les mouvements du *Sémillant*. Il observait ce curé balafré, ce marin aguerri, prêt à se battre avec le monstre. Il était plus à sa place ici que dans une église.

— Va, je te dis, file et envoie les secours !

— Jamais, hurla Jérôme. Pas avant que vous ayez remis le moteur en marche.

Paul inspecta les cadrans du poste de pilotage et découvrit aussitôt la cause de la panne. Il n'y avait plus de carburant dans le réservoir. Il sortit et cria à Jérôme :

— C'est bon. Il y a un jerrican plein dans la cale. Tout va bien, rentre, on arrive.

Cette fois, Neyrec ne se fit pas prier. Il mit le cap vers la terre qui avait disparu dans une brume épaisse. La pluie commençait à tomber et le vent, au lieu de mollir, se renforçait.

— Mais qu'est-ce qui t'a pris ? demanda Paul au gamin qui, rassuré, relevait la tête.

Amaury lui lança un regard terrorisé. Paul détacha le jerrican et vida le carburant dans le réservoir.

— On réglera nos comptes au port ! ajouta Paul, menaçant.

Il tenta de démarrer le moteur. Après plusieurs tentatives, il dut accepter l'inévitable.

— Impossible. Je vais vider la batterie. Les pompes ne sont pas amorcées.

Les lanières du vent enserraient le bateau qui tourbillonnait comme une feuille morte, le soulevaient, le précipitaient contre le mur d'eau aussi dur qu'un rocher. La coque craquait.

Un gros paquet de mer se détacha d'une crête et tomba sur le pont, balayant tout ce qui s'y trouvait. Paul cria à Amaury de s'agripper au bastingage. Arc-bouté sur la barre, il tentait de garder l'embarcation à flot.

— Si on avait le moteur… Mais comme ça, on n'a aucune chance !

Le vent avait redoublé de violence, faisant dériver le bateau toujours plus loin de la côte. Paul s'opposait à la tempête avec sa seule force d'homme. Amaury le regardait et reprenait confiance. L'enfant ne doutait pas que cette silhouette qui se découpait, solide, dans le gris de la tourmente, ait la force de vaincre les montagnes d'eau.

— Cramponne-toi, hurla Paul. On va y arriver !

Une vague géante brisa la ligne d'horizon, écrasant les autres. Paul l'attendait. Celle qui l'avait vaincu, emportant ses trois compagnons, ne cessait de grossir, prête pour l'ultime combat, prête à engloutir Amaury, comme Alexandre, comme Antoine, comme Médéric. Cette fois, Paul ne céderait rien, ni personne. La scélérate masquait l'horizon. Toute la puissance destructrice de l'océan se concentrait dans ce mur monstrueux qui courait à la vitesse d'un cheval emballé vers le petit bateau de bois aussi léger qu'une maquette d'enfant.

Paul serrait les dents, conscient d'être arrivé là où il voulait : livrer l'ultime combat qu'il n'osait plus espérer, celui de sa renaissance ou de sa disparition définitive. Seule la victoire pourrait lui rendre son honneur et racheter sa faute. Amaury avait vu la vague et, la tête entre les mains, fermait les yeux, prostré : la vie désertait son corps. Son beau rêve d'Amérique ouvrait ses portes sur l'enfer. Il pensa à son père, se demanda ce qu'il aurait fait à la place de Paul, puis l'image de sa grand-mère s'imposa à son esprit.

La vague monstrueuse, mère de toutes les vagues, engloutissait l'océan qui se vidait devant elle. Paul vit les moirures violettes et noires s'enchevêtrer sur le flanc bouillonnant où il allait se fracasser. Il se tourna vers le gamin, se dit qu'il allait être arraché du bastingage. Alors, il lâcha la barre, se jeta sur lui et le prit dans ses bras. Il réussit à se redresser, saisit de nouveau la barre pour éviter que le bateau ne fasse une embardée.

— Tiens-toi solidement à moi, cria Paul, qui lança un rapide coup d'œil autour de lui pour trouver une corde.

La vague n'était plus qu'à une centaine de mètres. Paul eut une pensée pour Dieu, une imploration rapide comme l'éclair, puis pour Marie.

Dans un premier temps, le bateau fut comme aspiré vers le fond de l'océan. Il tomba en chute libre dans un trou sombre et infini. Le choc fut si brutal que Paul lâcha la barre et roula sur le sol de la cabine. La coque craqua dans un bruit de charpente qui se brise. L'eau la submergea, elle s'enfonça dans les profondeurs noires. Amaury, tétanisé par la peur, s'accrochait de toutes ses forces à Paul, l'étranglant de ses petits bras maigres. Le marin réussit à se remettre sur ses jambes tandis que le bateau, aspiré dans un tourbillon de vent et d'eau, montait vers le ciel dans une ascension vertigineuse. Paul savait qu'au sommet, la vague allait rouler sur l'embarcation, la faire tourner sur elle-même avant de l'emporter dans une nouvelle chute, plus profonde que la première, qui aurait sans doute raison de la coque construite pourtant dans le meilleur chêne de Bourgogne. Le marin n'était pas libre de ses mouvements, les bras de l'enfant l'étouffaient. Il sentait les battements désordonnés de son cœur.

Il tenta une ultime fois de démarrer le moteur, qui hoqueta et finit par démarrer. Le bateau obéit de nouveau à Paul qui put le mettre face à la vague. Le *Sémillant* resta un instant en équilibre sur la crête, amorça un tournant sur lui-même. Par des accélérations successives, Paul réussit à l'empêcher de s'engager dans une vrille mortelle.

— Maintenant, à nous deux ! cria-t-il en reprenant espoir. Et il n'y a pas le chalut pour nous retenir.

Le *Sémillant* amorça une nouvelle chute vertigineuse. Par moments, le moteur s'emballait quand l'hélice tournait à vide et brassait de l'air. Paul réussit cependant à amortir le choc au fond de la dépression. Le bateau tangua, comme s'il cédait, vaincu par la force démesurée de la tempête. Il se pencha dangereusement sur la droite, puis sur la gauche, embarqua un paquet de mer qui l'engloutit, puis refit surface. La vague meurtrière s'était enfin éloignée. Paul avait gagné. Les bras serrés autour de son cou le rappelèrent à la réalité.

—Cette fois, on va s'en tirer, pourvu que la scélérate n'ait pas de sœur !

Des sanglots comprimaient la poitrine de l'enfant, qui murmura :

—Je voulais voir l'Amérique !

—Ça sera pour une autre fois ! s'exclama Paul. On rentre.

Une frégate de secours venait à leur rencontre. Paul fit signe que tout allait bien. Au port, la foule s'était rassemblée malgré le vent et la pluie. Des cris de joie accueillirent le *Sémillant* quand il franchit la pointe de la digue, et se dirigea vers le quai. Paul, resté à l'avant, tenait toujours Amaury dans ses bras, faisant des signes aux gens qui l'acclamaient. Il accosta et mit le pied à terre. Marthe était là, en pleurs, soutenue par Marie. Éric, qui avait sombré dans une terrible colère quand il s'était aperçu que le gamin avait volé son bateau, souriait, rassuré. Mme Vouzac et Thomas Jeurin, qu'on avait appelés en ce dimanche de Toussaint, lançaient à Amaury des regards sévères. Monique et Henri Blondin s'approchèrent à leur tour.

—Mais qu'est-ce qui t'a pris de voler notre voiture ? Comment tu as fait pour la conduire jusqu'ici ?

Paul gardait Amaury serré contre lui. Il écarta les gens et dit :

—Laissez-le tranquille. Désormais, c'est moi qui m'occuperai de lui.

—Mais, monsieur le curé…

Il constata que la croix n'était plus accrochée au revers de sa veste détrempée.

— Ne vous faites pas de soucis, je m'en occuperai très bien, mais j'ai froid. Il me faut d'autres vêtements.

Marie se blottit dans ses bras, tandis que Marthe emmenait Amaury chez elle pour lui trouver des vêtements secs. Quand l'enfant sortit de sa chambre, Monique et Henri Blondin, qui l'attendaient à la porte, lui ordonnèrent de le suivre :

— Toi, tu rentres à la maison, fit Monique. On a des comptes à régler.

Une fois changé, Paul sortit du presbytère. Il était à l'étroit dans les vêtements de Jules. Marie éclata de rire en le voyant marcher avec un pantalon trop court et une veste qui lui comprimait les épaules. Le soir, ils dînèrent au presbytère en compagnie de Jules et de Marthe, qui se faisait du souci pour son petit-fils.

— Ne vous tracassez pas, dit Paul, je vais redevenir un homme comme les autres. Je ne suis pas fait pour être prêtre. Je serai marin pêcheur et je vais m'occuper de lui.

Marie sourit. Jules paraissait embarrassé.

— Mais enfin, protesta-t-il, Paul, as-tu bien réfléchi ?

— Oui. Ma lâcheté me fait honte. Je suis un homme de la mer. Je veux redevenir marin pêcheur. C'est renier Dieu que de ne pas être soi-même.

Après le dîner, Paul proposa à Marie d'aller marcher sur la falaise.

— Je suis un homme libre, assez sensé pour savoir ce que j'ai à faire. Je ne veux pas d'intermédiaire entre moi et cet idéal d'amour que je veux continuer de servir et qu'on peut appeler Dieu. Amaury sera notre premier enfant.

— Cela veut dire que…

— Cela veut dire que nous allons nous marier, si tu ne redoutes pas la compagnie d'un curé défroqué. Dieu s'en moque sûrement. Regarde, les pasteurs protestants sont mariés, les imams, les rabbins aussi. Alors pourquoi pas les catholiques ?

— Je ne sais pas, murmura-t-elle.

La lune sortit entre les nuages. Paul, en face de cet océan qu'il avait vaincu et qui l'acceptait de nouveau, pressa Marie dans ses bras.

— Éric m'a proposé de travailler avec lui sur le *Sémillant*. C'est un excellent bateau. Dans quelque temps, j'achèterai le mien. On prendra Amaury avec nous.

— Avec nous ? répéta Marie, qui doutait encore de ce qu'elle avait entendu.

— Avec nous, insista Paul.

— Finalement, tu fais un fameux hérétique, reprit Marie en souriant. En d'autres temps, tu aurais été brûlé vif.

— La vérité, c'est que ma rencontre avec Dieu m'a mis en garde contre toutes les religions qui s'imposent par l'ignorance et la contrainte !

Ils éclatèrent de rire, le premier depuis le naufrage du *Fringant*. Ils arrivaient au port. Les bateaux rangés sur le quai bougeaient à peine sous la brise. La lune s'était levée. Un goéland, gêné par ces visiteurs nocturnes, se mit à battre des ailes et poussa un cri qui, à cette heure, devenait rassurant. Aussitôt, la troupe des oiseaux de mer se mit à faire un raffut infernal. Paul sourit en sentant le bras de Marie presser le sien. Il lui souffla :

— Demain, la pêche sera bonne !

Composé par Nord Compo Multimédia
7, rue de Fives, 59650 Villeneuve-d'Ascq

Imprimé en France par CPI Firmin Didot
Dépôt légal: mai 2011
N° d'impression: 105014